ビートたけしの
オンナ論

ビートたけし

CYZO

ビートたけしのオンナ論

はじめに

相も変わらず、世の中はオンナとオトコの狂騒狂奔ばかりでまいるぜ。もっとほかに考えることはねーのかよ、ってさんざんオネーチャンたちと遊んできたオイラが言うのもなんだけど。でもな、自慢じゃないが、すっかりチンポが勃たなくなった、いまだからこそ、ハッキリ言えるってこともあるんだよ。やりたいだけだった昔と違って、下心がない、いまのオイラの言葉はひと味違う。

これまでだってオンナたちのことをいろいろ書いてきた。ときには苦言を呈したこともある。とはいえ、オイラがいくら口を酸っぱくして言ったところで世の中はやっぱりなにひとつ変わらない。変わらないどころか、バカさ加減が増して、いまや不倫じゃなくて〝ゲスの極み不倫＝ゲス不倫〟の時代だ。

オイラは最初この言葉を聞いたときは耳を疑ったよ。不倫なんて別にホメられるようなもんでもないけど、〝ゲスの極み〟って酷評されるほど悪いことか？

「ホントどーなってるんだ、いまの日本は」と思ったら、なんのことはない、不倫相手が所属するバンド名だっていうだろ。あんなのは相手をよく見ろって話で、名前を聞いただけで、不倫がバレたら週刊誌になんて書かれるか、すぐにわかるだろうに。まあ、それでも、やめられないのがオトコとオンナの仲ってわけだ。

巷ではオトコとオンナの痴話喧嘩なんて犬も食わないなんていうけど、実際はあんなの大ウソで、ワイドショーを見てても、雑誌を開いてもそんな話ばかりだ。結局、どんな地位や学歴があろうと、オトコとオンナの話になった途端、情けない素顔を晒しちゃうからみんな大好きなんだろうな。

実際、ここ最近は芸能人だけじゃなくて、政治家のセンセーたちもバカな素顔を晒しまくってる。

山尾志桜里議員と妻子ある弁護士との不倫疑惑があったかと思えば、元SPEEDの今井絵理子なんか議員になった途端に妻子ある元神戸市議とお泊まりデートだろ。妻の妊娠中に元グラドルと浮気したダメ・オトコも議員で、しかもイクメン（育児に協力的な男性）で名前を売ったっていうんだから、これじゃあ、政治家じゃなくて、性事家だ。

それにしても、オトコはオンナに、オンナはオトコに何を求めてるんだ？

いや、自宅にオトコを引っ張り込んだ矢口真里なんかは性欲が有り余ってるんだろうなってわかるけど、たとえば、小池百合子都知事に期待する人たちの気持ちって何なんだろうね。前職の舛添要一都知事があまりにもひどかったから、初のオンナ都知事に期待する気持ちも少しはわかるけど、国会議員時代から小池はなにもやってこなかったんじゃなかったっけ？　防衛大臣にはなったけど、防衛省の守屋武昌事務次官を辞めさせただけだしな。みんないったい、彼女に何を期待してるんだろうね。

結局のところ、オトコとオンナの仲も同じで、訳のわからない期待を勝手に相手に抱くからロクなことにならないってだけ。この本の中には、そういったバカな男女の見本がずらずら並んでいると思ってもらったらいいんじゃないか。

多少、口が過ぎているところがあるかもしれないけど、それはご愛嬌。そもそもここに載っている原稿は『東京スポーツ』のここ10年の連載分が基本なんだ。水道橋博士いわく〝日付以外誤報〟の東スポに載ったものに目くじらをたてるほうが間違ってる。それに当時の世相や人々の心情も含んだ原稿だから、逆にいま手を加えたら、無用な忖度が入っちゃうかもしれないしな。

オンナ論なんてタイトルがついてる以上、最後には、70歳を過ぎたいまのオイラなりのオンナ論も語り下ろしで披露させてもらった。もしかしたら、ここが一番波風立つような気もするけど、まあいいか。

まずは読んでくれよ!

ビートたけしのオンナ論　目次

［第２章］オンナの政治家・文化人――77

～語り下ろし～

第1章　オンナの芸能人

～覚悟のない不倫で不幸になるオンナ～

☆ベッキーの不倫はゲスだったのか（２０１６年）

なぜあんなにバッシングされたんだ？

『週刊文春』が報じたベッキーと「ゲスの極み乙女。」の川谷絵音の不倫騒動。オイラ、勘違いしてたよ。あちこちに「ゲスの極み乙女。ベッキー」って書いてあるから、「いくら報道の自由ってのがあっても、こんなひどい言葉あるかよ」「メチャクチャだろ」って腹が立ってたんだ。そしたら「ゲスの極み乙女。」ってバンド名かよ。自分がいかに音楽を知らないかわかったよ。

ベッキーは最初の記者の質問を受け付けない一方的な会見で、「友達だ」ってウソをついちゃって、初期対応をちょっと失敗しちゃったな。相当バッシング受けたみたいだけど、ベッキーのおかげでワイドショーの視聴率が上がり、雑誌も売れたわけだから、芸能界には貢献してるじゃん。かえってギャラをアップしてあげたいぐらいだよ。まあ

CM業界には迷惑掛けたかな。「なんで、ベッキーを使い続けてるんだ」って言うクレーマーがいるから。でもこれだけ叩かれると芸能人としてのランクは落ちるよね。それで食ってる石田純一とかもいるんだから、もうちょっと最初の対応を慎重にするべきだったかな。

1月に報じられて活動自粛になって、約半年後の7月に復帰か。「早すぎる」とか、また叩かれちゃったんだって？　早期復帰がまずいったって、ベッキーがいない間もベッキーの記事がさんざん出てたんだから、ずっと名前は出てたわけじゃん。それなのに復帰がどうのってガタガタ言ってるのはおかしいよね。

オイラにも手紙を寄越したベッキー

そういえば、オフィス北野にベッキーからハガキが届いたんだよ。「温かい言葉にとても励まされました」とかって。オイラが「なんでベッキーだけが叩かれて『ゲスの極み乙女。』の男は叩かれないんだ」みたいなこと言ってる記事を読んだんだって。それって「温かい言葉」なのかよって思ったけどな（笑）。

しかしベッキーは、しばらく見ないうちにオバサンになっちゃったね（笑）。大人の顔だよね。昔みたいな「ベッキーちゃん」って感じじゃなくて、いいネエさんになったよな。まあ苦労したんだろうね。1回の不倫で大変な目に遭ったもんだ。事務所ってサンミュージックか。やっぱりスキャンダルを起こしたタレントが火だるまになるかならないかって、事務所の強さもあるんだろうね。

ファンキー加藤のほうがゲスじゃねえか

でも男女の色恋の話でこんな大騒ぎになるなんて、日本人はこういうの好きだねえ。ファンキー加藤ってヤツが、アンタッチャブルの柴田英嗣の嫁さん（現在は離婚）と不倫して子ども産ませたんだって⁉　ベッキーよりもえげつないよ。柴田はさんざんいじったな。「おまえ、自分の女房取られて『加藤ちゃんにはこれを機に大きくなってほしい』って何だよ。ちゃん付けはないだろ。恥ずかしくないのか」って（笑）。

ファンキー加藤ってヤツの歌が純愛ばっかりで結婚式でよく歌われるっていうけど、前から言ってるように役者の役柄と本人、歌手の歌と本人はまったく別物だからね。ドラマで好青年を演じてるヤツがすごくヤなヤローだったり、逆にすごい怖い役やる人がすごく優しいいい人だったりするからね。だったら漫才師のほうがいいよ。言ってることがメチャクチャで、やってることもメチャクチャなんだから、オレらのほうが正直じゃねーか。

ファンはよく勘違いして、歌の内容が好きで、その歌をつくった本人の内面も歌詞と同じだと思っちゃうけど、大きな間違い。オイラなんかは必ず「なんだコノヤロー」って言うから、乱暴なヤツと勘違いされちゃってるんだよ。

不倫で人が死ぬことだってあるんだ

オイラは不倫ってそもそも、そんなに叩かれる問題でもないと思ってるんだ。女が、女房持ちの男と関係持ったって、何の問題もない。不倫したタレントが謝罪会見したりするけど、なんで謝んないといけないのかな。芸能界に迷惑を掛けたっていうけど、そんだけ大騒ぎになるってことは、ワイドショーが盛り上がるわ、週刊誌が売れるわで、芸能界がみんな喜んだってことだよ。

そもそも、ワイドショーなんかネタがなくてもネタをつくんなきゃいけないわけ。24時間営業の寿司屋と一緒。もう、いいネタがないのにやっている寿司屋だよ。いい店だったら休むんだけど、商売第一だから休めない。テレビ局もそれと一緒で、ネタがなければ自分たちでつくってでも埋めないといけないってことだよな。しかもそのネタが下品であればあるほどウケるっていう。そんなネタを食うヤツがいるから、その商売が成り立っちゃうわけだけど、そんな中で不倫ネタっていうのは、特上ネタでみんな大好物ってわけ。

しかし、当事者にとっては不倫っていうのは、やっぱりやっかいだよな。とくに、普通のオヤジがハマったら大変だ。昔、不倫したあげくに、相手の女が男の家に火をつけるって事件があったんだよね。それで子ども2人が焼死しちゃったという悲惨なことが。あれも、女をあそこまでさせちゃう男がダメなんだろうな。恨まれないように別れるには相当なテクニックが必要なんだよ。これは女を口説くときより難しいの。だから、うまく別れられるヤツはモテるんだよ。まあ、それにはカネを使うしかない。カネがないヤツは不倫なんてしちゃいけない。女の怒りの矛先が男のほうに向いて、自分のポコチン切られるくらいならいいけど、男の家族に向いちゃうこともあるんだから。人の生死にもかかわってくることがある。不倫するなら、それなりの覚悟が必要だよ。

☆不倫繰り返す山本モナ（2010年）

「たけし激怒」と書かれて

不倫を繰り返してた山本モナが1歳年下の不動産投資会社社長と入籍か。めでたいことだけど、「寿引退する」って言ってることには同じ事務所のタレントとして、それから事務所の株主として、まずは「カネ返せ！」って言いたい。

2006年に民主党（当時）・細野豪志との不倫〝路チュー〟を撮られて、08年にも巨人（当時）の二岡智宏と不倫。2度とも報道番組のキャスターを降板してるんだよな。こっちは不倫の報道で「オフィス北野所属」って見て、初めて同じ事務所なんだって知ったぐらいで。細野のときはオイラが司会したクイズ番組で、モナちゃんにスイカの被り物かぶせて復帰させたんだ。それなのに2年も経たないうちに二岡と不倫したのは笑ったね。行ったのが五反田の9800円のラブホテルっていうのも笑えたけど、そのラブホテルもラブホテルで、取材に対して、「モナさんは常連さんです」みたいなことを言っちゃったんだもんなあ。二岡ももっといいところに連れて行けって思ったね。

二岡とのときは、モナちゃんが出したコメントもおもしろかったね。「ラブホテルに入っただけ」って。「だけ」って言うけど、入るのが問題だろ、あんなの。「タクシーで二岡のほうからキスされた」なんてことも言ってるようだけど、2人で乗るほうも乗るほうだよ。覚悟が足りないんだ。

2回とも「オフィス北野所属の……」っていろんなところに出たもんだから、「大変ですねえ」ってたくさんの人に慰められちゃったよ（笑）。かわいそうにね、うちの事務所の社長。当時の新聞見たら「たけし、顔に泥を塗られた」とか「たけし激怒」なんて書かれてたけど、こっちはうれしくてしょうがなかったけどね（笑）。お笑いの事務所でこれほどうれしいことはないって。うちの事務所の名前を売ってくれたんだよ。ネットでは、やたらとオイラのこと褒めてくれてるヤツもいたしな。「たけしは偉い。最近、やたらと仕事をしてる。あれは同じ事務所のモナの借金を返すためだ」とかって。バカヤロー、そんなバカなことしねーよ。ただ忙しいだけだったんだって。

飲んだらやっちゃう病気ってことで

結婚もすることだし、モナちゃんは「病気だった」ってことにしちゃったほうがいいね。「酒飲んだら男とやっちゃいたくなる」っていう病気だったんだよ。それを袋叩きにするのは差別、人権侵害。だって病気なんだからさ。心神喪失で人を殺しても罪にならないのと同じで、心神喪失でホテルに入っちゃったんだから。それを文句言っちゃいけなかったんだよ（笑）。そういえば、知識とか教養を持ってることを売りにしてるタレントって、酒飲むと全部スケベになるね。あれはどういうわけなんだろう。

オイラもモナちゃんじゃないけど、そういう女性タレントからえらい目に遭わされたよ。スナックで偶然かち合っただけなのに手を引っ張られて便所に引き込まれそうになってさ。焦ったな、あのときは。まあオイラも女といたから誘いに乗らなかったけど、いなかったら一緒に入っちゃう（笑）。いま考えりゃヤバかったなあ。あの子も飲んだらやっちゃう病気なのかな。

モナよ、カネ返せ

話はズレたけど、今回の入籍だけはおもしろいじゃ済まないな。「芸能界を引退して家庭に入る」とか書かれちゃって、うちの事務所は困ってるんだよ。社長の森（昌行）が「冗談じゃねえ」って怒ってたもの。「ちゃんと働け。モナが来てからうちの事務所はイメージダウンしたんだ」って。

だってキャスターを2回も降ろされちゃったんだよ。最初の『NEWS23』（TBS系）は5日で、次の『サキヨミ』（フジテレビ系）はたったの1回で降板。女性タレントとしたらキャスターなんて最高峰じゃん？　それをすっ飛ばしちゃったんだから。CMとかほかの仕事も全部吹っ飛んだしね。

それにモナちゃんが大阪の朝日放送を辞めて東京に出てきたときにも事務所が結構、カネを出してるからな。事務所への借金は、まだだいぶ残ってるんじゃないの？　これで辞められたら事務所の株主として、オイラも怒るよ（笑）。株主としては、スキャンダル2連発の後始末はちゃんとしなさいと言いたい。モナちゃんはこのところ、ギャラの高い仕事もしてなかったし。こっちとしたら、簡単に引退されたら困るんだよ（笑）。

とにかく一日でも長く働いてくれ。それかモナちゃんのダンナがうちの事務所への借金を払ってくれるならいいけどな。ダンナならダンナらしく、モナちゃんの借金返せっての。（その後、モナはオフィス北野を退社して2011年6月に芸能界を引退。しかし13年に個人事務所を立ち上げて復帰した）

☆矢口真里の間男騒動はマヌケ（2013年）

矢口に価値はなかった

元モーニング娘。の矢口真里。あれはもう結婚したあたりから価値なかったからね。男（梅田賢三）を自宅に連れ帰って、帰宅した夫（中村昌也、13年に離婚）と鉢合わせになった"間男騒動"のおかげでもう一回脚光浴びたってことで、よかったんじゃないか。

世間ではまだ尾を引いてるようだけどさ。こういうのってお笑いならうれしくてしょうがないぜ。男女の立場を逆にすると「女連れ込んだらカミさんに見つかって……」ってことだろ？ ネタにできるじゃん。カミさんが「裸で抱き合ってたじゃない」って言ったら「まだ入れてない」。「入れてたじゃない」って言ったら「まだ動かしてない」。「動かしてたじゃない」って言ったら「まだ出してない、だからセックスはしてない」ってもんでね。

　オイラもバカバカしいのいっぱいあるよ。昔女とやってたらガッとドアを開けられた。笑っちゃうのはこの男がすごい小心者で「バカヤロー、男なんか連れ込みやがって、ただじゃおかないぞコンニャロー、殺すぞ」って言いながら、そのまま出てった。弱いんじゃねーか。

　あと青山にワンルームマンション借りてたとき、突然ベランダでドンって音がしたわけ。見たら、裸の男がベランダからオイラの部屋に入ってきて「すいませんねー」ってあいさつして、玄関のドアから外に出ていきやがった。ビックリなんてもんじゃなかったけど、上から落ちてきたのか、隣の部屋から渡ってきたのか、どっから来たんだよ（笑）。間男だったんだろうな。

　新大久保に住んでたときも、とんでもない男を見たことがある。マンション前で友達と待ち合わせしてたら、パンツ一丁で非常階段をものすごい勢いで降りてきた。アイツは何だったんだろう。

聞いた話だと松方弘樹さんの話がすごい。松方さんが女の家に行ってたら、夜中に男が来ちゃって女が真っ青。「早くタンスの中に隠れて」って。松方さんが「おまえ、男がいるんじゃないか」って言ったら「たまに来るのよ」って。そしたら、男が「テメー、中に誰かいるんじゃねーか？」て寝室のドアを蹴っ飛ばして入ってきた。で、洋服ダンスのすき間からソーっと見たら、力道山だったんだって。「本当に怖かった」って言ってたよ。

やった男はみんな食っちゃう!?

矢口ってソロでヒット曲があるわけじゃないし、もうアイドルじゃないし。単なるバラエティータレントなら、バラエティーなりの出方を考えたほうがいいよ。もう、そういうことじゃなきゃこれまでみたいな仕事は無理じゃないのかな。マジメなことばっか言ってもダメ。実際にマヌケでバカなことやったわけだから。

うまいこと、お笑い芸人に転身すればいいんだよ。もうちょっと早く、こう言っていればよかったのに。「わたし、酔っ払って連れ込んじゃって……。わたしも好きなんで」って（笑）。

山本モナを復帰させたときは『ビートたけしのお笑いウルトラクイズ!!』（日本テレビ系）があったから、スイカの被り物させて、ぶん殴って、ヌルヌルにさせて、笑いにしてうまいことやったけど、いまはそういう番組がないからね。

でも矢口なんかは昆虫の被り物がいいかな。そうだ、セアカゴケグモの被り物させるのがいいんじゃないかな。セアカゴケグモってのは背中が赤いのと、セックス後に男を食っちゃうから後家になっちゃうってことで、セアカゴケグモなんだよ。「セアカゴケヤグチ」とか「セアカゴケマリ」ってことで、クモみたいに出てきて、やった男をみんな食っちゃうっていうぶっ飛んだキャラでいきゃいいんじゃないか。

楽屋に男性タレント連れ込んで……

さっきも言ったけど、『お笑いウルトラクイズ!!』がまだあれば、すぐ使ってやったのに。「てめーコノヤロー、男なんか引っ張り込みやがって」ってハリセンで叩くっていう。あとは「人間性クイズ」のコーナー、いわゆるドッキリだね。矢口の楽屋に隠しカメラをいっぱい仕掛けて、矢口には事前に言っといて。男のお笑いタレントをそこに電話で呼び出してさ、矢口に「最近飢えてるんで、やってくれませんか」って言わせる。で、男のほうがちょっとでもグラッときたらオイラが出てってぶん殴って、「やるんじゃねー。考えろ、少しは。コイツは前科があんじゃねーか」って止めるんだ。で、男に「前科があるから、やらしてくれると思ったんですよ」とか言わせたら、お笑いになってみそぎになると思うんだけどな。

☆文春砲に言いたい！（2016年）

アイツらにも誤報はある

2016年はやたらと不倫の話題が多かった。オイラだっていまはカミさんと4年も会ってないのに、どこも取材にこないんだよ（笑）。でも、これまで不倫だ愛人だって、何回も書かれた。

例の『週刊文春』には、「〝100億円の愛人〟との不倫で離婚危機」って書かれたな。まだ〝文春砲〟って言葉が生まれる前で、芸能界の不倫ブーム以前の2014年のことだったから、それほど大きく騒がれなかったけど。18歳年下の女性と不倫中でカミさんと離婚危機、慰謝料は100億円とか報じられたんだ。

これだけは言っときたいのは、財産はとっくにカミさんに取られてるから、オイラにカネはねえって。100億円も持ってるみたいに書きやがったもんだから、いろんなヤツがオイラを捜して「カネ貸してくれ」ってうるさくなってさ。小学校のときの友達がどうやって電話番号を調べたのかわからないけど、突然、電話をよこして「覚えてるかな？　小学4年のときの○○なんだけど、300万円でいいんだけど貸してくんない？」って。冗談じゃない、オイラはカネ、持ってねーんだ。カミさんが裏でいろいろ商売やってるのはわかってるけど、オイラはないから。カネを借りたいなら、カミさんのほうに行ってくれよって思ったね。

それよりさ、〝愛人〟って言われても困るんだよ。だって、勃たないんだから。このときはオイラが持ってる等々力のアパートの工事の関係で、等々力ベースで仕事をやんなきゃいけないこともあった。〝愛人〟って書かれたオネーチャンの働いてる会社のオーナーが友達で、等々力の近くにマンションを持ってて、使ってない部屋があるっていうから、週に何回か居候してただけで、オネーチャンとは男女の関係じゃない。それなのに「愛人のために100億円をカミさんに渡して離婚したい」とか書かれて、冗談じゃねーって。「毎日高級レストランで食事して」とも書かれてたけど、そんなカネもないって。ほかにも「カムフラージュのために車をロールスロイスからレクサスに替えた」って、バカ言ってんじゃない。トヨタのCMやってたから、スポンサーに気を使ってレクサスにしただけだよ。〝文春砲〟だとか言ったって、間違ってることもあるんだってこと。スキャンダル書くのは構わないけど、間違った個人情報を書かれると、ろくなことないな。とにかく、カネはないよ。

書いてほしいことは書いてくれない

フランスのコマンドール章（芸術文化勲章の最高章、2010年）を受章して日本に帰ってきたあたりにも、『フライデー』に撮られたんだよな。「セレブ美女と西麻布デート」って。これも失礼な話だよ。知り合いのオネーチャンとメシ食っただけで、なんであんな記事になるんだよ（笑）。あれは家まで送ってやろうと思ったんだ。まずオイラの家に車を置いて、そのまま付き人にオネーチャンの家まで送らせたんだ。オイラんちの駐車場で降りた後、ヤツらが追っかけてこないから記事では家に泊まったみたいになってってさ。向こうは昔から知ってる子だから困っちゃうよ。

困ったと言ってもこっちは「相変わらず元気だ」って言われるだけだから別にいいけど、あっちは人妻だぜ、シャレになんないって。まったく、よく調べろって。その明くる日にはさ、ガダルカナル・タカと若い女の子いっぱい連れて遊びに行って、メチャクチャおごったのに、そっちは何にも書いてないんだよ（笑）。

〜AVを盛り上げるオンナ〜

☆飯島愛は孤独死したけど成功例（2009年）

AVからの転身は簡単じゃない

AV界では、売れないアイドルがAVに転身するって傾向が増えてきたよね。元アイドルグループの一員だとか、元グラビアアイドルとか、訳わかんない子がたくさんAV嬢になってる。

これは実にありがたいことだよ。夢のようだ。アイドルは売れなくなったらAV、ストリッパー、ファッションヘルスと、段階的に落ちていってほしいね。

いまはAV嬢にも肩書きが必要な時代なんだな。これからも「NHKの大河ドラマに出ていた○○」とか、「朝の連続テレビ小説出演の△△」なんてのが出てきそうだよ。どんなちょい役でも出たことに変わりないんでね、なんでも肩書きは利用しろって思うよ。

タレントからAVへの転身は本人の意思さえあれば結構簡単だけど、その逆は、いまもなかなか難しいよ。しっかり成功したのは飯島愛ちゃんくらいか。AV嬢から文化人になったって、すごいよ。でも愛ちゃん、自宅で一人で死んでたのを発見（2008年12月17日前後に自宅にて死去、享年36）されたんでしょ？　かわいそうだった。

薬物疑惑もあったけど

昔一度、一緒にメシ食ったことがあるけど、オイラが思うにさ、この子は本当はすごくいい子だったんじゃない？　ケツ出したりしてたけど、後から考えるとどうもムリしてたような気がするね。「薬物やっていた」って報道も一部にあったみたいだけど、薬物っていったって神経性の薬かなんかでしょ？　別に覚せい剤とか麻薬をやってたわけじゃなくて、うつ病とか、そういう病気の。人がよかったんだろうなと思う。よくAV嬢とかさ、ファッションヘルスでも、人がいい女っているじゃない。この子はそういう女の、もうちょっと生意気なことが言えるような子だったんじゃないのかな。

だけど、死んでから一週間くらい経って見つかったって聞くと「本当に友達がいたのかな？」って思っちゃうよ。友達がいれば普通はさ、毎日とは言わないまでも3日に1

回くらいは連絡取り合うよね。いまは携帯電話の時代だもの。人付き合いの悪いオイラだって、1日に何本か電話入ってるもん。本当にかわいそうだ。スキャンダルもあり、近代の芸能界そのままを象徴する生き方をしたと思う。

☆さんまもオイラもAV女優の売名道具（2013年）

アイツらは何でもしゃべっちゃう

しかし、AV女優ってなんでもしゃべっちゃうから、困っちゃうよな。明石家さんまが優希まことっていう元AV女優との密会を写真誌に撮られたろ（さんまは2013年10月と11月の『フライデー』でAV女優の紗倉まな、優希との密会を報じられた）。さんまはハニートラップだって言ってたけど、やっちゃったのがさんまの娘（IMALU）と同じ年くらいだったから、娘の目がつらいよね。

優希にはその後の東スポの直撃に、ベッドの中でのことまでペラペラしゃべられちゃってて、笑ったな。実はオイラもやられたんだ、もう20年以上昔のことなんだけど、憂花かすみっていうAV女優だった。週刊誌で「たけしは包茎だったけど、やるときはムケる」とか「畳の上に自ら布団を敷いてくれた」とか告白しやがって。読んだカミさんは「大人のセックスするらしいじゃないの。たまには家でもやってみたら」だもの。もう漫才だよ。

AV女優ってAVで名前を売って、辞めて、ストリップに行くでしょ。さんまとやった子がストリップに出るとき、必ず宣伝カーが「あの明石家さんまの愛人が今夜、脱ぐ！」って街を回るんだけど、オイラ、憂花かすみにはソレもやられたんだ。

俳優の古谷一行がやった浅井理恵っていうAV女優と憂花が、渋谷のストリップ劇場で共演することになっちゃってさ。オイラがハチ公前の喫茶店でオネーチャンとお茶飲んでたら、宣伝カーがぐるぐる回って、「あのビートたけしと古谷一行を相手にした、憂花かすみと浅井理恵が今夜から豪華出演！」だもん。音がやたらでかいんだ。オイラはあぜんだし、ボーイは笑ってるし、たまんないよ。やらしてくれるってことは、あっちにとっては「売名行為に使うよ」ってことなんだな。過去の肩書きを使ってAV女優として再起をかけるってのも、AV女優になってから有名人を捕まえて売名するっててのも。まあ女ってたくましいなと思う。

☆坂口杏里のAVに高畑裕太も出せ（2016年）

肩書きは「小峠の元カノ」

ＡＶ女優も肩書きの時代だって前に言ったけど、亡くなった坂口良子さん（享年57）の娘で元タレントの坂口杏里もＡＶに出ちゃってるんでしょ？ 2013年に良子さんが亡くなって、2016年にもうＭＵＴＥＫＩでＡＶデビューか。この子でいうと、坂口良子さんの娘で、バイきんぐ小峠英二の元カノっていうのが肩書きなわけ？ ＡＶに出なくても稼げるんじゃないのか？ って思ったけど、ホストクラブにハマって借金つくっちゃったのかよ。なんであんなとこ行くのかな。ジャニーズをクビになったような男ばっかりなのに。

それと、ＡＶ出したら売れるのかって話で言うとさ、いまはネットとかでエロ動画が見放題みたいになってるから、あまり売れないかもね。でも、ギャラは1億とかって噂もあるけど、どうなんだろうね。さすがに本人には、そんなに入らないかな。お母さんの遺産を使い切ったって話もあるんだって？　それがホントなら、すごい道楽娘だな。何をやってんだよ、まったく。

これ、義理の父親がプロゴルファーの尾崎健夫か。いまはシニアでやってるからまだいいけど、もしまだトーナメントとか出てたら、カッコ悪かっただろうな（笑）。まあ健夫も女癖悪かったって噂もあるし……。

次回作の演出プランを考えた

坂口って半年くらい小峠と付き合ってたんだろ？　もし次作あたりで、この2人が絡み合ってたら気持ち悪いよな。悪魔の絡みじゃねえか。小峠が相手役じゃ気持ち悪いから、誰かいいのいないかな？　男のほうも2世タレントでさ。いっそのこと高畑淳子の息子の、高畑裕太でいいか（2016年8月、前橋市内のビジネスホテルの女性従業員に性的暴行を加えたとして強姦致傷容疑で群馬県警に逮捕されたが、被害者との間で示談が成立したとして不起訴処分に）。AVも一応映画ってことで、高畑が出りゃいい。

高畑が起こした事件とまったく同じ設定にしたらいいよ。そしたら坂口はホテル従業員のオバサン役。高畑が「歯ブラシ持ってこい！」ってフロントに電話して坂口に持ってこさせる。それで一連の絡みが終わったら、後で坂口が「騙された！」って言って訴えるというね。最後は警察署から出てきた高畑が「申し訳ありませんでした」って謝って終わったらおもしろいけどね。

あくまでもリアルな設定で「ノンフィクションAV」って名前で売り出したらいいよ。ついでに女子高生の制服盗んで捕まった元キングオブコメディの高橋健一も出せばいい。スケベな事件で捕まった芸能人、全員出せば売れるんじゃないの？　やっぱり怒られちゃうかな。

☆今井メロはソープのほうがよかった（2017年）

オリジナルラップの成れの果て

元スノーボード選手で2006年のトリノ五輪に出場してた今井メロも、MUTEKI

でAVデビューか。トリノ五輪に出場した翌年に、さっそく大阪でデリヘル嬢やってるって報じられたときには笑ったな。あれだろ、オリジナルラップとかやってたヤツだろ？　まあ、トリノ五輪に出てるときから、頭悪そうだなとは思ってたけど、まさかなあ。兄ちゃん（同じくスノーボード選手の成田童夢）がいて、両親が離婚してるんだろ。出場するときにさんざんテレビに出まくった割には、あっさり予選落ちしたんだよな。転んで腰を打って、ヘリで運ばれたんだったっけ。源氏名は「コユキ」だったって⁉「メロ」のほうがよっぽど源氏名に聞こえるっての。

ソープだったら、もっとウケてたんじゃねえのって思うけどね。マットがあるけど、U字型なの。客の上をスノボみたいに行ったり来たりしてね。「出ました！　ソープメロウセブン！」とか言ったら人気が出ていたかもしれないいな。

明るすぎるAVはつまらん

で、デリヘルの後はイメージDVD、ヘアヌードDVDと続いて、2017年についにはAVデビューか。その間で出産、離婚、中絶、美容整形。一時期は生活保護をもらっていたこともあるって言ってるって⁉　一応、元オリンピック選手だろ？　人生、わからないもんだぜ。そういう背景を知ってＡＶを見ると、どうなんだろうね。ちょっと暗すぎるかな。

でもアメリカのエロ映画って明るすぎて逆につまらないじゃん。なんでかっていうと、アメリカでは、女がセックスを楽しんでリードしているように撮らないといけないからなんだって。ちょっとでも苦しんだ顔やあえぎ声だと、レイプや暴力で隷属させたようなセックスってことで、発売禁止になるらしい。だから、アメリカの金髪のオッパイ大きいネーチャンをいじめるＡＶを日本で撮ったら、売れると思うんだけどな。話がずれたけど、まあ何事も程度が大事ってことだよな。

〜アイドルになりたがるオンナ〜

☆地下アイドルは新興宗教か（2016年）

アブナイ商売は命取り

地下アイドルからAVに転身ってパターンも多いよな。そりゃそうだよ、AKB48のメンバーでも日の目を見るのはほんの一部なのに、いまはアイドル志望で地下アイドルやってる子が山ほどいる。その中には事務所に所属していなくて、マネジャーもいなくて一人でやってる子も結構いる。そういうのは、ネットで自分で営業してるよね。

ひどいのになると10万円でファンと一緒に温泉に行って、泊まって帰ってくるツアーなんてのがあるってさ。条件はセックスなしとか、当たり前だろ、バカヤロー。何枚以上CD買ってくれたヤツには握手とか、ハグとか、購入枚数が上がるにつれてやることがエスカレートしていくっていうのもある。握手券のためにCDを買わせるAKB商法の進化版なんだろうけど、CDっていうワンクッション入れてるだけで、ほとんど売春と変わんない。

地下アイドルって、ヘタすっと新興宗教に近いよね。事務所もマネジャーもいなくて自分一人だけだったら、ファンが3人いれば十分食えるっていうからね。CDやTシャツ買わせて、一人のファンから月10万ふんだくればいいんだから。そういうスレスレの商売しながら、事務所に入らず一人で活動しているのは本当に危険だよ。

まあ芸能界には事務所自体が危険なところもあるけど。事務所が危険だからファンも寄り付けなくて、結果的に守られてるって部分もあったりしてね。事務所が甘いと、平気で殴りこんできたりするヤツもいるから。

オイラのもらった怖〜いファンレター

うちの事務所なんか、手紙のたぐいは探知機にかけて全部開封してる。「オイラに変なのは絶対に見せるな」って言ってあるんだ。だからオイラんとこにマネジャーが持ってくるのは単なるファンレターだけ。

中には「カネ貸してくれ」ってのもあったけど。「20年間、家族中でたけしさんを応援していました。本当に大ファンで。ところが、うちがやっていた八百屋が潰れてしまってカネが必要なんです。少し貸してくれませんか」って。20年間ファンはありがたいけどな。断って逆恨みされたら怖いなとか、考えたな。

～女優というオンナ～

☆広末涼子は終わった（2008年）

トチ狂った末に汚れた

2回のデキ婚をした広末涼子（2003年にモデルの岡沢高宏とできちゃった結婚し、2008年に離婚。2010年にキャンドル・ジュンとできちゃった再婚）、あの子は素人でいりゃあよかったのにな。こんな世界に入っちゃってさ、芸能界でダメになる典型だね。素人のときは清純派のかわいい子だったのに、やっちゃってデキ婚して。これまでもいろんな男との交際報道に不倫報道、奇行騒動もあったろ。

何をトチ狂ったのか芸能界に入って、汚くなっちゃってさ。田舎の清楚なかわいい子のままで、熱狂的に愛してくれる男と普通に結婚すりゃよかったのに。

☆オナニーシーンもイケる松たか子（2013年）

オイラの評価はうなぎ登り

映画『夢売るふたり』（2012年公開）で主演した松たか子。映画の設定自体は微妙だったけど、松たか子の芝居がよかったよ。この子の演じた役はリアルだった。魚河岸で働いてターレ（立ち乗りの運搬車）を運転してるシーンとか、なかなかたいしたもんだ。いまの女優の中では安定感があって、ある程度の役を演じられるってことで、評価はかなり上がってきてるんじゃないのかな。

ほかの女優は主役だっていっても、ただ若いだけとか、人気があるだけ。それに比べりゃ女らしさ、色っぽさも出てきてるし、女優としては円熟期になってきてる。あと下着姿とかオナニーシーンを演じても、見てるこっちがドキッとしないっていうのがいい。この映画は、それ目当てで見に行くヤツいないから。

☆沢尻エリカでエロ映画撮るぞ（2013年）

叩かれて味が出る

沢尻は主演映画の舞台あいさつの「別に」騒動で一気に名が知れた。あれは2007年か。あのころは何か勘違いしちゃってたのかな。たいしてまだ有名でもなかったのに調子に乗りすぎたよね。で、すぐ謝っただろ。それもよくなかった。謝るんならやるなよ。犯罪行為をしたわけじゃないし、そんなに悪いことしたわけじゃない。そのままツンツンしてりゃよかったんだよ。

松田聖子だってずっと叩かれ放題だったけど人気だよ。オイラだって叩かれ続けてさ、いまになって「叩かれてきたから味になってる」って言われてるんだから。〝叩かれ放題でおいしいモチになる〟って言うんだ。中途半端に叩かれるとおいしくない。思いっきり叩かれたから大福モチみたいになるんだ。

中途半端なまま騒動から復帰してきた後、ファッションショー（ガールズアワード2010）にケツを半分出して出てきて、踊ってたよな。尻出して何をしようとしてたんだ？　ストリップみたいだった。あの尻見たら、浅草ロック座が絶対、沢尻を買いに行くと思うんだよな。ケツだけで客一人から20万円は取れるぜ。いいカネになりそうだ。1日600万円の儲けにはなるんじゃねーかって計算した。

脱いだ映画は駄作だね

ストリッパーにはならなかったけど結局、主演映画『ヘルタースケルター』（2012年公開）で脱いだな。沢尻の演技はよかったけど、あの映画って単なるグラビア雑誌みたいじゃねーか。バカじゃね〜のって思ったね。派手な雑誌の読者モデルを撮ってるだけみたいな映画で、中身自体は何もないよ。これで沢尻が2013年の日本アカデミー賞の優秀主演女優賞をもらったらしいけど、信じられないな。

日本のアカデミー賞は、東宝、東映、松竹とか大会社が持ち回りで賞を分け合ってるだけ。オイラの映画はノミネートすらされないから。日本のアカデミー会員が投票してるっていうけど、オイラが審査委員長を務めてる東京スポーツ映画大賞では全国の映画祭ディレクターが投票してる。こっちのほうがよっぽどきちんとしてるよ。アカデミー賞には独立系の監督がノミネートされないんだから、かわいそうだよな。まあいまさら期待もしてないけど。

アカデミー賞には見向きもされなくていいから、オイラ、沢尻の〝エロ映画〟が撮りたいんだ（笑）。『ヘルタースケルター』みたいなやわなヤツじゃなくて、本番のセックスシーンが入ってるようなヤツ。フランス映画なんかでは実際にやってるもん。エロ映画って撮り方によっては結構カッコいいいいんだ。セックスシーンがある暴力映画とか恋愛映画は撮れるけど、エロ映画は技術がいるから。中途半端じゃない沢尻を、いつか撮りたいね。

☆落書き騒動の江角マキコに言いたい（2014年）

「バカ息子」はセンスがない

長嶋一茂の家に「バカ息子」とか落書きをしたってことで批判を浴びてる江角マキコ。江角がマネジャーに命じて落書きさせたって疑われてる。本当なら何をやってんだ、まったく。マネジャーが勝手にやったって言ってるらしいけど、そんなわけないよな。マネジャーに書いてこいって言うなんて、まるで子ども。オイラだってたけし軍団のメンバーに「アイツを殴ってこい」なんて言ったことないもん。殴りこむなら、オイラの場合は自分で行くから。自分より立場が弱いヤツにこんなことさせちゃダメだよ。このマネジャー、警察に事情聴取されたんだろ？　しかし落書きで事情聴取なんてカッコ悪いよな。

江角、どうせなら自分で書いてこいって。そのほうが話題になるよ。自分で書いてから謝って、お笑いタレントになればよかったのに（笑）。それに、どうせなら「バカ息子」じゃなくて、もっとスケベな、放送もできないような絵でも描けばよかった。便所の落書きみたいなの。そしたら笑えたのに。

江角、ウソはバレるぞ

オイラも子どものころ家がペンキ屋やってたから、「ペンキ屋、ペンキ屋」ってバカにされると、腹が立って「てめえの家、塗っちゃうぞ!」なんて言ってた。「夜のうちに真っ赤に塗るぞ」って。1回だけ、金持ちのヤツの家にホントに塗りに行ったことあるんだ。「バカ」って書いてさ。江角と同じ語彙力だな(笑)。すぐオイラだってバレてメチャクチャ怒られた。「おまえだろ」って言われて「オイラじゃない」って言ったんだけど、「こんなペンキ持ってるの、おまえの家しかないだろ!」ってバレちゃった。

あのころはなぜか「家がペンキ屋」って恥ずかしくて言えなくて、友達には「親父は外交官」って言ってたんだ。そしたらそのころ結構好きだった女の子の家にペンキ塗る仕事がうちに来ちゃってさ。しかもそのとき、オイラも手伝いに駆り出されてオヤジと2人で塗ってたら、その女の子が来て「北野君、今日はペンキなんて塗ってどうしたの?」「お父さんはまだアメリカから帰ってきてないの?」なんて言うの(笑)。そしたら隣にいたオヤジが「おまえのオヤジがなんでアメリカにいるんだ？　おまえのオヤジはオレじゃねえか」って言って、結局バレちゃった。ウソはバレるんだぞって江角にも言いたいね（笑）。

☆藤原紀香はどうでもいい（２０１６年）

愛之助もどうでもいいよ

藤原紀香はどうでもいいんだけど、再婚相手の片岡愛之助ってのも、アイツも何なんだよ。歌舞伎が好きな人はいいのかもしれないけど、どうだっていいよ。紀香に略奪されたって騒いだ愛之助の元カノ、熊切あさ美もみっともなかったな。「もうわたしも嫌いになった」とか強がらないで、最初から単に「捨てられた」って言えばいいんだよ。オイラは熊切みたいなメメしい女は嫌いだね。だからって紀香がいいってわけでもないけどな。

でも歌舞伎って国がいろんな名目で援助してるんだろ？　だったらこういうスキャン

ダルばっかりのヤツに注意しないのかな。なんで歌舞伎だけ、こんなに優遇されてるのかわかんねーよ。結局、紀香と結婚したけど、2人とも2回目の結婚だし、特に何も言うことはないな。それよりオイラは、(紀香が最初に結婚した)陣内智則が紀香にやらせてもらえなかったんじゃないかなといまだに思ってるんだ、一度もね(笑)。

☆長澤まさみ、二宮との熱愛で知ったけど(2016年)

次世代の名女優枠

長澤まさみを最初に知ったのは10年くらい前で、嵐の二宮和也との熱愛報道が出たとき(2007年)だったな。そのときは人から聞いて長澤って誰? って写真を見て、「こんな顔なの? 女優? 普通の子じゃん」って思ったな。なんか田舎の出で、東京の安アパートに住んでて、強盗に襲われそうな顔だよな。ストーカーされそうなタイプって、たいていこういう顔だよね。「いまはこういうのが若手一番人気なんだ、なるほど」って感じだったな。

それが、思いのほか大きくなったよね。オイラが審査委員長を務めてる東スポ映画大賞では今年（2016年）、長澤を映画『海街diary』（2015年公開）で助演女優賞に選んだんだ。授賞式では、同じ映画で主演女優賞をとった綾瀬はるか、新人賞をとった広瀬すずと一緒に、「コマネチ」やってくれたんだよ。綾瀬が最初にやったんだけど、綾瀬も場の空気読めるっていうか頭いいよな。大竹しのぶとか桃井かおりとか、「うまい若手」って言われてた演技派女優がみんなオバサンになってきて、やっと綾瀬とか長澤の時代になってきたんじゃないの。

☆ジャニーズと撮られた吉田羊（2016年）

男が若いから7日連続でデキた

吉田羊が20歳も年下のジャニーズの若いの（Hey! Say! JUMPの中島裕翔）と7連泊愛って、すごいね。よく男優が年下の女優に手を出すってのは聞くけど、その逆のパターンか。

吉田って年齢を公表してなかったけど、これで年齢がバレちゃったっていう。『オモクリ監督』っていうフジテレビの番組で一緒だったけど、売り出し中の若手女優と思ってたから、40過ぎって知ってビックリしたよ。30ちょっとにしか見えないぜ。

いいな〜。これ、両方ともいいじゃねーか。この男の若さなら7日連続できるだろ。オイラの友達は若いころ、一晩で15発もやったっていうからね。女がすごく貪欲で、そいつも「便所行くときくらい、パンツ履かせろ」って怒ったくらいだったって。こっちは、もう勃たなくて困っちゃう。何見ようが何しようが、全然女に興味ないもんね。なんだろ、昔はあれだけ女好きだったのに。ここんとこ、ションベン以外にパンツ脱いだことないもん。情けないよ、尿切れも悪いし。残尿感が取れないんだ。がまんしてパンツはいたら、チョロって出ちゃう。ズボンまで濡れてんだ。年寄りのションベン臭いオヤジになっちゃって……。

年下ジャニーズを虜にできたわけ

それはそうと、この若い男は、年上の女が手練手管でよかったのかもね。浅草の高級ソープのオバサンみたいな感じだったのかも。島田洋七が浅草のソープ、好きなんだ。オイラが「なんであんなオバサンがいいの」って聞くと、ひと言「うまいんだ」って。でもジャニーズ事務所は、吉田に怒ってるんだろうな。

年下の男をひっかけるには、衣食住セックス。まずさ、「お腹減ってるでしょう。わたし、手料理つくってあげるから食べに来なさいよ」って誘っておいて、それで結構うまい料理食わせてさ、酒も一杯ついでやって、「お風呂でも入れば」なんて風呂入れて、男が出てきたときはもうやる態勢になってたりなんかして。こうなると、男はどうしてもやっちゃうもん。メシ付きソープに行っちゃったみたいなもんでさ。

☆宮沢りえ、幸せになってほしいのに（2016年）

役者としては見事に成長

個人的に小さいころから知ってる宮沢りえちゃんのことは気になる。最近は仕事の面ではすごくよくて、女優としての宮沢りえができ上がりつつある。天海祐希が降板した舞台（『おのれナポレオン』２０１３年）に急きょ出たことがあったろ。１日くらいでセリフを全部覚えたんだからすごいよ。

映画『紙の月』（２０１４年公開）もよかった。アイドルから見事に役者に成長した。もう昔の宮沢りえじゃない。なかなか、あそこまではなれないよ。かなり努力したんだろう。昔のハリウッドなんか、女優は容姿じゃなくて演技がうまいか下手かで判断されてたけど、いまの日本は演技がうまけりゃブスだし、かわいいと下手（笑）。そんな時代が続いてるから、りえちゃんみたいなのが出てくれば、少しは日本の女優界もよくなるんじゃないのかな。

亡くなったりえママ秘話

２０１４年におっかさん（宮沢光子さん）が亡くなったけど、その前にちゃんと母離れして、きちんと役者の仕事に取り組んだんだろうな。りえちゃんのおっかさんって、りえちゃんが生まれたら、親戚に預けて外国に行っちゃって、でもりえちゃんがかわいいって噂を聞いたらすぐに引き取りに来たんだよね。で、ＣＭで儲けた。２人で住んで、りえちゃんを徹底的に洗脳したんだよね。代償も大きかったけど、売れたのはりえママのおかげではある。りえちゃんにいろんな人を紹介したのもママだから。篠山紀信とか勘九郎（故・中村勘三郎さん）、オイラ。それに貴花田（貴乃花親方）だって、もとはといえばママが紹介したんだから。りえちゃんと貴花田との婚約が破談になったのは、りえママも一緒に二子山部屋（現貴乃花部屋）に入ろうとしたから。「なんで親が一緒に来るんだ」って大問題になったんだ。もうちょっと早く自立させてればなぁ。おっかさん、娘と離れたくなかったんだろうけど、手放す時期を間違えたかな。いまのりえちゃんが不幸とは思わないし、立派な女優になったけど、もっと大きくなれた気がする。

CMの関係者なんかに聞くと、りえママはやっぱり、カネの面とかすごくうるさかったって。ミスなんかしようものならメチャクチャ怒るけど、そんなときはりえちゃんが裏で「お母さんがゴメンね」って謝りまくる。そういうのがあったから、「次も宮沢りえで撮ろう」と思ったんだって。りえママにはいい面と悪い面があって、プラスマイナスするといい面が少し上回ったのかな？

だけどさ、りえちゃんがもしかわいくなかったら、どうしてたんだろうな。単なる貧乏な子どもだよ。一切、陽の目を見ずに終わってた人生だったかもしれない。あの母娘のギャップはおもしろいよね。あんなかわいい子がこんなオバサンから生まれてくるっていう（笑）。

なんで森田剛なんだ……

離婚して、りえママも亡くなって、仕事を頑張ってると思ってたら、今度の男は森田剛ってか。なんでタトゥーだらけという疑惑がある森田剛なんだよ。かわいそうだから、あんまり悪口は言いたくないけどな。

おっかさんの影響が強くて、そこから抜け出すのが大変だったからか、りえちゃんは男を見る目も少し違うのかな。最初はハワイの実業家だっていうサーファーに引っ掛かって、できちゃった婚して（2009年）、すぐ離婚した（2012年に離婚協議中と発表し、2016年に正式に離婚）。本当に普通の実業家だったらニューヨークとかロンドンに住むだろ？　ハワイにあるような会社ってたいしたことないじゃん、遊んでるヤツばっかじゃん、って思ってたら、やっぱりうまくいかなかったな。その次がなんで森田剛なんだよって思うけど、いろいろ大変なことがあった子だから、とにかく幸せになってもらいたいんだ。

☆米国プロデューサーのセクハラ疑惑は日本でも昔からよくある話（2017年）

ハリウッドのセクハラ・プロデューサーとオイラの関係は？

ハリウッドの超大物プロデューサー、ワインスタイン氏が30年以上にわたってセクハラしていたと報じられたけど、コイツは『座頭市』（2003年公開）のアメリカの上映権を買った人だったかな。会ったことあるんだよ。

ハリウッドでは昔から女優も男優も大物プロデューサーと肉体関係を持って仕事をもらうのが当たり前で、シャロン・ストーンは昔、映画『氷の微笑』（1992年公開）で賞取ったときに、「どんなに体を張って、この役をとったと思ってるの」って泣いたって話だから。最近になって「そういう慣習はやめよう」って言いだしたんだけど、わざわざ、「やめよう」って言うのはずーっとやってたってことの証明じゃん。

セクハラも女を口説いているうちはいいけど、中には男専門に口説く超大物プロデューサーたちもいるからな。しかもトム・クルーズとかリチャード・ギアなんかの大物俳優も標的になってるんだ。俺がハリウッドに行ったときに、スタッフに「オイラ、大丈夫かな？」って聞いたら「タケシは大丈夫。おまえの顔は（そっち系には）モテない」って言われたけどな。

〜〝新種のオンナ〟事情〜

☆増殖するオネエ、燃え上がるゲイ説（２０１４年）

なぜオネエが増えたのか

テレビには、いわゆる〝オネエ〟って人が多くなった。なんでオネエばっかりいるんだよ。それに至れり尽くせりのフルコースっつーのか、ひどいのからキレイなのまでいる。

最初にマツコ・デラックスなんてのを見たときは、どうしようかと思ったよね。カバかと思ったよ。昔はオネエとケンカになったら「なんだこのババア」って言えたけど、マツコ・デラックスには絶対言えない。海兵隊より強そうだもん。時津風親方みたいなんだもん。思わず敬語使っちゃうよ。困ったな。

昔、オイラも間違って男と寝たことがあるんだ。朝まで気付かなかったんだよな。起きて、隣で寝てるヤツのヒゲに驚いたんだ。なんでコイツ、こんなに真っ青なヒゲ面なんだ！　酔っ払って、オイラはいったい何をしたんだろう、どこに入れたんだろう？　って。どんな女買ったかも記憶になかったほど、ベロベロに酔っ払ってたからね。どうやらケツに入れたんじゃなく、そいつがケツの下から手を回して、握られてたんだな。どうりでよく締まると思ったぜ。オネエだったことにさえ気づかなければ、最高に気持ちよくて幸せだったのに。いい女買ったって思ってたのに、バレて一気に地獄に落ちたよ。夜中にとっとと顔を見ないで帰ればよかったのに、朝起きてからもう1回やろうと思ったのが失敗だった。貧乏くさい根性がひどい目に遭うんだね。まあ、オネエだってわかんないほど酔っちゃえばいいんだよ。酔ってやっちゃえば、こっちのもん。どんなオネエだってブサイクだって、いい女に見えるんだから。

羽生結弦ってゲイか？

オネエ疑惑やゲイ説があったり、実際そう見える芸能人ってたくさんいるよな。オイラが知ってるヤツもいれば、ホントがどうかは知らないのもいる。

織田裕二もそうだって言われてるけど、結婚した。そういや織田は、モノマネの山本高広に「マネするな」って言ったんだよな。前にオイラのインタビューに来たんだけど、織田のモノマネしてないから「何やってんの？」って聞いたら、「すみません、ちょっと織田裕二さんのモノマネはできなくなりました。怒られました」って言うんだ。そんなことで怒るヤツも珍しいよな。

オイラが疑ったのは、フィギュアスケートの羽生結弦。本番前の練習中に、中国の選手と激突して流血したことがあったろ（2014年のグランプリシリーズ第3戦・中国杯）。オイラも見ててさ、周りはその後の演技がアクシデントを感じさせないくらい素晴らしかったって感動してたんだけど、オイラは「羽生ってゲイか？」って聞いちゃった(笑)。みんなに鬼のような顔で睨まれたね。「スケート選手ってゲイが多いんだろ?」って言うと、「何言ってんですか! 血だらけになって踊ってるんですよ」ってムチャクチャ怒られちゃった。そっちのほうばっかり気になっちゃったんだよな(笑)。

氷川きよしの名付け親はオイラじゃねえ

あと氷川きよしも噂があるって? そこんとこは知らないけど、氷川の所属事務所の長良じゅん会長(2012年死去)には親しくさせてもらってたんだ。それで氷川のデビュー前に、名付け親になれって頼まれて、オイラが名付けたってことになってる。でもさ、ホントはオイラが名付けたわけじゃないんだよ。

長良さんが、はなから氷川きよしって名前を用意してて、初めてオイラに紹介するときに「たけし、これが氷川きよしだ」って言ったんだもん。「ほかにも候補があるから、この中から名前を選んでくれ」って紙を見せてもらったら、氷川きよしのほかは「やったぜきよし」とか話になんないのばっかりで、もう氷川きよしにするしかない。そう言ったら、長良さんは「おまえが名前付けたことにしろ」だぜ。でも実際、氷川が売れたおかげで、長良さんからずいぶんおごってもらったなー。店でかち合ったら全部払ってもらったし。

で、なんで氷川かっていうと、長良さんの事務所の近くに氷川神社があったからなんだってね。氷川と一緒にオイラも氷川神社に行ったんだけど、火消しの神様だったからズッコケたぜ。これから人気に火をつけようってときに、火消してどうすんだよ。でもゲイだって噂は、本人としては消したいのかね。芸能界にはいっぱいいるんだから、気にしなくていいと思うけどね。

☆成宮寛貴、ゲイだからってやめるな！（２０１６年）

ゲイだって堂々としてろ

成宮寛貴が週刊誌にコカイン吸引疑惑を書かれて引退したって、どういうことなんだ。引退するってことは、事務所が守れないから「やめてくれ」って言ったってことだろ？

クビだとかわいそうだから、成宮のほうから言ったってことにしたんじゃないの。やっぱりホントにやってたのかな。コカインはあんまり危険はないらしいけど。

ゲイセクシュアルってことも書かれたんだ？　成宮は男好きで有名だったもんな。だけど、そういうヤツは芸能界にいくらでもいるんだから、噂が立ったっていいじゃねえか。性的な嗜好なんて誰も気にしてないんだから。

〝ゲイKGB〟のオイラとしては、芸能界でいっぱい知ってる。古くはK・Kから始まって、A・K、H・M、M・K、それからO・Yだっている。バイセクシャルもたくさんいるのに、そんなことで引退するわけないから、やっぱりクスリだって勘ぐられるよ。

ホントにクスリなんか関係ないなら、引退はもったいないよ。芸能界やめる必要なんて何もないし、役者が悪口言われるのは当たり前の話で、それに耐えられないならとっくにやめてるだろうから、何と言われようと続けるべきなんだけどね。

ただ成宮がいま、海外に行ってるのなら、タイかなんかでクスリやっちゃう可能性はあるよね。あっちは結構自由だし。そのうちどっかの雑誌が追いかけて行って、とんでもないことになってる姿が撮られるかもしれない。そうなるくらいならキレイにクスリをやめて、もう一回芸能界に戻ってきたほうがいいと思うよ（引退後は、海外脱出。東南アジア、ヨーロッパを転々としながらインスタグラムで近況を報告)。

~あの歌手も女優も……世間を騒がすオンナ~

☆小林幸子のお家騒動の黒幕は(2012年)

オイラも似たようなケンカしたぜ

小林幸子の事務所のお家騒動。長年連れ添った女社長と専務を解任したって。2011年に結婚したダンナ(林明男さん)の意向が強いって言われてる。結局は、小林のダンナが社長にカネ払うのがもったいなくなっちゃったんだろ?

まあ身内が仕事に口出ししてきて、会社を辞めさせたり独立させようとするのはよくある話だよ。身内になると銭が惜しくなるんだ。実はうちのカミさんもそうなんだよ(笑)。オイラは弟子たちの住居の面倒を見てるけど、こないだそれを「なんであの子たちの家賃を払うの」「アンタは弟子なんかいらないでしょ」って言い出すから大ゲンカになったんだ。「どうしておまえはそんなにバカなんだ！　弟子がいるからオイラはここまでなれたんじゃねえか!!」って言ってやった。実際そうだもの。

素人にはわからないカネ事情

どうも身内になるとそうなっちゃう。自分は芸能界にいないから、そのタレントの周りがどうやって成り立ってるかわかんないんだ。そのうち、ヘタすりゃ「マネジャーと2人だけでやれば儲かる」って発想になる。ホントにバカだよ。映画でも、もし「ADなんかいらない」なんて言い出したら大変だよ。「あの人、弁当配ってるだけじゃない」って言うけど、じゃあ助監督に弁当配らせるのかってなるだろ？　そういうのが、ただハタから見てるだけの人にはわからないんだ。芸能界には最低限のスタッフの数は絶対必要で、それには結構カネがかかるんだよ。

まあいまの企業と同じだよ。正社員をとらないで契約社員ばかりにしてダメになってるところがたくさんあるだろ？　経営者が自分だけ儲けようとしてさ。小林のダンナもそれと同じじゃないの。芸能界にいたのならまだしも、いたこともないのに口出すなってとこはあるよね。

小林幸子がいくらもらってるか知らないけど、1回のショーをやろうと思ったらバンドが二十数人いて、マネジャー、衣装さん、セットを運ぶ人もいる。儲けなんてたいして出ないよ。その点、オイラがツービートやってたころはマネジャー含めて3人だけ。舞台設営はいらなくて、「漫才」と書いて貼って、ライト付けるだけ。あとはスタンドマイク1本あればいい。小林より儲けてただろうな。

☆頭がいい壇蜜、どう転ぶか（2013年）

壇蜜似のソープ嬢との思い出

壇蜜ってなんだかよくわかんないけど、やっぱり色っぽいのかな？　あの子を見てると昔通った吉原の優しいソープ嬢を思い出すんだ。とにかく、そっくり（笑）。そのネエさんはおもしろかったんだ。客に合わせて、靴下とパンツを買ってきてくれんの。それで帰りに「これ履いて帰りなさい」って。頭がいいんだよ。壇蜜も頭がいいし、それくらいの計算、できるんじゃないの？

あとは、なんて言ったらいいのかな、近所のスケベなヤラせてくれるネエさんみたいだよな。ホッとするというか。本人は頭がいい雰囲気も出してるけど、いまどきの子というよりは古い感じがする。男からすると、カネができると遊びに行きたくなるホステスって感じ。

商売の仕方もうまいよ。ただ結構年がいってるから、もうちょっとしたらどう出るかだね。でも女はいいよ。行き詰ったらエロ映画っていう手があるから。男は何もないタマキン見せたってしょうがないからな。

☆ホントはマジメな岡本夏生（２０１６年）

オフィス北野は大歓迎

岡本夏生がＴＯＫＹＯ ＭＸテレビのレギュラーを電撃降板して、その上、失踪説が出たり、ふかわりょうとのトークイベントで大暴走したりして、テレビ引退宣言。メチャクチャだな。

もとはレースクイーンだったよな。レースクイーンでいいときに、うまいこと金持ちと結婚しちゃえばよかったのに。年取るに従って、じゃんじゃんお笑いのほうにいっちゃったもんな。問題起こして事務所クビになったタレントは、みんなオフィス北野にって声が出るけど、まあ岡本は悪いことしたわけじゃないから、うちの事務所に入れてもいいかもな。

そういや、岡本が引っ越しのときに「バイブレーターがなくなった！」って運送屋に怒鳴り込んだって話を聞いたことがある。普通、そんなこと恥ずかしくて言えないじゃん。なのに「あんたね、引っ越しのときになくなったもんがあるの！　バイブレーターがないのよっ!!」って怒ったっていう。普通、諦めるだろ（笑）。

悪い子じゃないし、マジメなんだけどな。芸能界で生きてくためにいろいろ考えた結果、元レースクイーンなのにシモネタとあけすけなトークで脚光浴びたんで、そっち行っちゃったんだよ。ただ、ちょっとあんばいが悪い。お笑いでは、そういうのをセンスって言うんだけど、岡本に関しては「ちょっとコイツ、センスないよ」ってとこだね。下品ネタとか逆ギレネタで生きようとしたのはわかるんだけど、やっぱりセンスがない。まあ、よくここまでもったと思うよ。

でも、またこれで「バカなこと言ってる」って取り上げてもらえたんだから、芸能界の生き方としては正しい。忘れられてないんだから。これ以上はいかないんだけど、これ以下にはならないってとこにいるだけでさ。まあ、オフィス北野入りはいいかもね。でも岡本よりショーンK(経歴詐称が発覚して番組を降板)に入ってほしいよ。漫談をやらせたいんだ。「ヒロシです」みたいに、バックに音楽流して、渋い声で「ショーンKです」っていうネタ。うちに入ってくれたら、みんなでネタつくって売り出してやるのに。

☆生き残るオンナ芸人はアイツだけ(2017年)

一発屋はなぜ生まれるか

お笑い界では一発屋も多いな。そういえば日本エレキテル連合とか8・6秒バズーカーってのがいたけど、いまの一発屋は1年どころか半年も持たないな。エレキテルは流行語大賞もとったけど、お笑いがとると一発屋になるってジンクスがホントになった。あのメークじゃひな壇にいても誰だかわかんないし、気の利いたことも言えなかったから、しょうがないか。

いまは、要するにファンが小学生になっちゃったんだよね。小学生がマネする芸、子どもウケする一発芸、それか、サラリーマンの宴会の隠し芸みたいなものばかり。悪いけど、一発芸だけだと人気は長く続かないよ。一発屋まっしぐらだ。一発芸じゃ営業も回れないじゃん。昔、横浜銀蝿もそうだったな。歌が2、3曲しかないから、あとは人生相談コーナー。ヤンキーばっかし来てたって。

オイラも「コマネチ」とかやるけどさ。一応、それは隠し技みたいなもんで、基本的な芸があって「コマネチ」ってやるからウケるんだ。それだけってのじゃ困るよね。一発芸しかないんじゃ、反省ザルや走るエリマキトカゲと同じじゃん。それだけで人気が出るんだけど、いつまでもやれるわけじゃない。

本人たちもそれだけで人気が続くわけがないのがわかってて、次の一発芸を出そうとするんだけど、2発目はないわけだ。オレらは漫談とかコントとか司会とかを全部できた上で、宴会で急に何かやらなきゃいけないときにパッと笑わす瞬間芸ができる。そうすると「アイツはすごい」と認められるんだ。

キンタロー。は別格

女芸人だと一昔前は、エド・はるみの「グ～！」ってのがあった。あっと言う間に旬が去ったけど、エド・はるみがこれから「グ～！」と違うネタをやっても、もうダメなわけ。最初はおもしろかったよね。全然変なこと言わなそうな感じのエド・はるみがアレを突然やるから、笑えたんだ。「グ～！」ってやるのがわかっちゃうともう、おもしろくねえんだもん。

そういう面では、キンタロー。は芸がある。踊りがしっかりしてて、別格だね。キレキレで、もう笑うしかないもの。2013年には、オイラが審査委員長を務めてる東スポ映画大賞でエンタメ賞をあげて、授賞式に来てもらったんだけど、一番すごかった。ハマカーン、アルコ&ピースと一緒にステージに上がったんだけど、全組がこれだけきちんとネタをやって盛り上げたのは過去にもなかったんじゃないかな。でもキンタロー。の舞台が盛り上がりすぎちゃって、ほかの2組がかすんじゃった。

この子は結構、生き残るんじゃない？　ＡＫＢ48のものまねで人気になったけど、もしかしたらＡＫＢより息が長かったりしてね。

☆ため口きくハーフのオンナ（2017年）

勘違いハーフに怒鳴った

最近はハーフタレントがやたらと増えた。バラエティーだと、ハーフでちょっと見た目のいいヤツを必ず出すじゃん。なんでもいいからしゃべればいいと思ってるんだろうけど、タメ口きいてくるヤツにこないだ怒鳴り散らしちゃったよ。「うるせー、バカヤロー。くだらねーことばっかし言いやがって」って。

ローラとかがタメ口キャラで当たっちゃったから、変な生意気な口きけば自分もウケると思っているみたいで、そのやり方でいいと思ってるんだよね。事務所の方針としても、それがいいと思ってて、「生意気なこと言って、目立ってこい」って番組に送り出す。たまんないよ、そんなマネするヤツばっかりになってきて。オイラはそんなの許さないから、「ふざけんな。コノヤロー、バカヤロー。マネジャー呼んでこい」「誰に口きいてんだ、このバカ」って言ったことあるもんな。

あまりにバカだったダレノガレ

ダレノガレ何とか（ダレノガレ明美）っていうヤツなんて、『平成教育委員会』（フジテレビ系）に出たんだけど、バカで1問も当たんない。あんなバカ、見たことなかったな。「犬」って字が書けないんだよ。信じられない。「大って字を書いて点を打つんだぞ」って言ってるのに、点の位置が違って「太」になってんだ。もうね、やんなっちゃったな。あんまりバカで。バカもある程度までにしてくんねーかな。ハーフならなんでもいいってわけじゃないんだよ。

☆土下座強要騒動を起こした鈴木砂羽（2017年）

イビりの伝統は必要か

鈴木砂羽が、自分が演出する舞台の出演者に土下座を強要したって話が話題になってるね。しかし演劇の演出家ってのは、なんであんなに厳しくやるのかな？　蜷川幸雄は灰皿投げつけてたし、つかこうへいは怒鳴り散らして、土下座なんか平気でやらせてた。唐十郎もムチャクチャなことやらせてたけど、なんであいうことをよしとしてるんだろ？　情熱の塊みたいに言っても、いまの子に通用しない。土下座させたって、ヘタなものはヘタなんだから。

ああいったいろんな舞台の演出家って、学生運動のセクトに似てるよ。革マルとか中核派とか。「反省しろ」とか「自己批判しろ」とか「ナンセンス」なんて言って、みんなが「演劇革命を目指す！」とか言ってるうちにケンカになっちゃう感じ。新宿の飲み屋でわめいてた全学連と頭の中は何も変わってない。

それで鈴木砂羽は、初日の2日前に代役立てて舞台やって、それを見た客が感動して泣いたなんてインチキくせえよ（笑）。全然練習してねえだろ？

殴る怒鳴る、あの監督

映画監督でブン殴ったりしてるのは崔洋一くらいかな？　役者を殴らないけど、スタッフが「崔さんはたまらない」って言ってるよね。オイラが映画『血と骨』（2004年公開）に出たとき、「怒鳴ったり殴ったりしたらやめるよ！」って言ったら「絶対しない」って言っててさ。でも、オイラがいないときは怒鳴ってるから、スタッフに「たけしさん、毎日来てくださいよ。昨日は監督、大変だったんですから」って泣きつかれたよ。それでオイラが失敗しても「怒鳴ったらやめる」って言ってるから怒鳴れないじゃん？　でも、マネジャーがトイレに行ったら、崔洋一が「たけしのバカヤロー！」って便器に向かって怒鳴ってたって（笑）。

『戦場のメリークリスマス』（1983年公開）の大島渚さんも、オイラと坂本龍一が「素人だから演技はできない」って言うと、「いや、怒らない。怒らないから」って言うから出たんだ。それで別の役者と一緒のシーンで、そいつがちょっと間違ったら「なんだ貴様。おまえがそれだから、たけしが演技できないんだ！」って、かわいそうに怒られちゃってさ。申し訳ないからウラでその役者に「すいません」って謝ったよ。映画監督も昔の人はそんなのばっかり。山田洋次とかは、主役を怒らずに2番手の役者を徹底的に怒るし。

結局、演出家も映画監督もイビる伝統があるよね。新劇のヤツもウラではまったく現代に合わないことをやってるんだ。

第2章　オンナの政治家・文化人

～政治の世界で生きるオンナ～

☆ドロドロの丸川珠代（２００７年）

共演時のマル秘話

自民党から元テレビ朝日のアナウンサーの、丸川珠代が出馬して当選しちゃったね（第21回参議院議員選挙）。ダメなんじゃないかって思ってたけど、選挙って何が起こるかわからないぜ。

丸川とは、前に『ビートたけしのTVタックル』（テレビ朝日系）で一緒だったんだ。とにかく変わった子だったよ。女子アナウンサーって感じじゃなく、政治の世界で見せる顔が本当のそれかもしんない。いまの局アナってほとんどタレントみたいなもんじゃん、軽いノリでさ。でも丸川はね、もっと湿っぽい女で、いろいろありそうだったから、気になってたんだ。演歌の歌詞に出てくるような女の情念が絡んでそうっていうか、人間関係がドロドロしてそうっていうかさ。

オイラがスケベな話をしても、丸川はまったく合わせないの。冷たい目で見られてたなー。女子アナより、政治の世界が向いてると思うよ。今後、政治家として何ができるかはわからないけど、政界のような人間関係がドロドロ絡んでいるところには強そうだ。

☆都議会のセクハラヤジ（2014年）

「美人過ぎる○○」にも怒ったほうがいい

都議会の塩村文夏議員がセクハラまがいのヤジ飛ばされて問題になってるんだって。まあいままで一番すごいヤジは、ハマコー（故・浜田幸一さん）が国会で言った「この人殺し！」だけど（笑）。この議員は、妊娠や出産への支援策について都の取り組みをただしたときに、ほかの議員から「自分が早く結婚しろ」だの「産めないのか」だのヤジられたんだろ。都議会もレベル低いよな。ブスとか、いろいろ言いたいのはわかるけど、いまの時代、言っちゃいけない約束だからね。

それにしても、この議員は「美人すぎる都議」とも言われてるらしいけど、それも失礼なんじゃねえの。本人も「わたしは政治やってんだから容姿で判断するな」って怒らなきゃ。だったら「ブスすぎる都議」もありなのかよ（塩村は２０１７年に衆議院総選挙に出馬するも落選）。

線引きの難しいセクハラ

でも昔はセクハラなんて言葉自体がなかったわけでね。線引きが難しいよね。「メシでも行こうか」って誘っただけでセクハラ、パワハラって言われるのは困っちゃうよ。昔、ラサール石井は何百万円も注ぎ込んで通った銀座の女がいてさ。ケツ触ったら怒られたんだけど、気にしないで「カネ払ってんだからオッパイも触らせてよ」って言ったんだって。いまならセクハラだって言われちゃうよな。「ここはあんたみたいな下品な人が来るような店じゃないの！」って返されたらしいよ。

この話には続きがあって、バブルがはじけてそのオネーチャンも銀座から消えちゃったんだけど、２年後くらいにラサールが新宿のファッションヘルスに行ったら、そのオネーチャンが出てきて、１万円だったんだって。ラサールも「世の中おかしい！」って怒ってたね。

オイラがオッパイ揉んだ女性歌手

96歳で亡くなった森繁久彌さんもさ、セクハラだって言われなかったのはおかしいよ（笑）。森繁のオヤジはいろんなヤツに手出して、だいたいはやってんだぜ。ボケたふりしてただけなんだから。だって電車に乗り遅れそうになったとき、森繁さんは走ったんだから（笑）。それまで両脇を支えられて歩いてたのに。ボケたふりして女優のケツ触ってさ。「オレに触られた女優は出世する」って自分で噂流してんの。女優のほうも「縁起物だ」って自慢するんだ。いいよな〜。オイラも早く森繁さんになりたいよ。

オイラが触ったのって、島倉千代子さんくらいだよ。和田アキ子の誕生会に呼ばれてさ。「たまには行くか」と思って行ったら、隣にいたのが島倉さんだったことがあるんだ。でもサングラスしていて下向いてたから島倉さんだって気が付かなくて、オイラも「おっ、オネーチャンかわいいねえ」なんて言ってオッパイ揉んじゃったんだ。そしたら和田アキ子が飛んできて「そこ手術したばかりのとこだぞ！」だって。聞いたら島倉さんは乳がんの手術をしたばかりでさ。和田アキ子に「乳がんの手術したオッパイを揉むのはおまえだけだ！」って、すげえ怒られちゃった。でも島倉さんはいい人でさ、謝ったら「いいのよ〜」ってすぐ許してくれたよ。

☆髙橋大輔の唇奪った橋本聖子（２０１４年）

罰キスを求む

国会議員の橋本聖子が、フィギュアスケートの髙橋橋大輔に無理やりキスしたとか。写真が週刊誌に載ったって？　何をやってんだよ。日本スケート連盟会長でＪＯＣ（日本オリンピック委員会）常務理事兼選手強化本部長（当時）なんだろ。だいたい、写真が撮られたソチ五輪の打ち上げの席って、そのカネはどこから出てるんだよ？　スケート連盟かＪＯＣか知らないけど、そこの資金でやってんじゃないの？

髙橋のほうがインタビューに答えて、「セクハラやパワハラとは思わなかった」なんて答えてるけど、これは逆だろ？　「無理やりキスした」っていう橋本本人が出てきて話をしなきゃダメだよ。だって立場的にも橋本のほうが偉いんだから、選手は逆らえないじゃん。「今後は代表に選ばない」なんて言われたらたまらないから、髙橋は「セクハラと思わない」と言うしかない。これは立場を利用してやられてるんだから、セクハラよりもパワハラだろう。

今度の内閣改造で入閣かって言われてたけど、やめたほうがいい（その後の2014年9月の内閣改造で橋本は入閣せず）。でもほかの大臣もオヤジばっかりだろうから、そいつらで橋本聖子にキスを迫ればいいんじゃないの。みんなで馬乗りになってさ。罰キスだよ。

だいたい橋本聖子って政治討論会とかそういう場で見たことないもん。1回オイラの番組に呼んで、政治の話をしてみようかな。靖国神社の問題とか聞いてみたいよ。

☆政治資金問題で辞任した小渕優子は〝被害者〟？（2014年）

有権者に公職選挙法を教えるべき

小渕優子が政治資金の不明朗会計問題で経産相を辞任した。支持者を集めて開催した「観劇会」の収支やらが合わないってことだけど。でもさ、うちの地元の昔の議員なんか、後援会の人を一人500円で熱海に2泊3日させてくれたんだぜ。バス11台で行って、飲み放題食い放題でたった500円。うちのおふくろが「いい先生だねー」、うちの周りのオバサンたちは「あんないい先生はいないね」「やっぱり大物は違う」「総理大臣にならないかなー」だもん。昔の足立区はそんなもんだよ。なんかあれば、「あの先生なら下水を直してくれる」とか。いまだったらとんでもない選挙違反だぜ。

有権者なんてそんなもんなんだからさ、公職選挙法違反で議員を叩く前に、公職選挙法というものを有権者に教えなきゃダメだよね。オイラだって「選挙応援に来てくれ」って依頼はあるけど、選挙応援では「コマネチ」はやっちゃダメなんだぜ。ギャグでカネ稼いでるもんだから、「コマネチ」見せるのは金銭贈与、利益供与と同じことになるんだ。歌手だったら、歌っちゃいけない。北島三郎は『与作』を歌っちゃいけないんだ。そんなこと、一般の人はわかんないじゃん。そういう厳密な部分を有権者に教えとけば、「なんでこの値段で明治座で観劇して、往復の足つきで、高い弁当まで食えるんだ？おかしいじゃないか」って思えるわけだ。ひょっとしたら小渕を応援している人たちも「この値段はおかしい、選挙資金から補填してるんじゃないの？」「こんなツアーはやめたほうがいいよ」って言ったかもしれない。そういう面では小渕はかわいそうだったかもね。

松島みどりの〝うちわ問題〟もそうだ。丸い厚紙のビラならOKなのに、松島が配ったのは柄がついてたから公職選挙法違反って。オレらにしてみれば、どっちも扇げるんだから同じようなものじゃんね。違いがわかんないよ。それに、うちわくらい配ったっていいじゃないか。公職選挙法ってのはよくわかんない。

☆上西小百合はダッチワイフ顔（２０１５年）

どうしてコイツ、辞めないんだ

上西小百合って議員が、体調不良で国会を休む前夜にショーパブ行って叩かれてたね。しかし上西って、ダッチワイフみたいな顔してるな。この顔は誰が見てもスケベだもの（笑）。もし国会議員相手にナンパでもしてたら笑っちゃうな。議員会館の部屋で休憩時間に客でもとってたらおもしろい。コイツを擁立した橋下徹と会見もしてたけど、あのとき、「橋下さんも口説きました」って言ったらおもしろかったのに。どうせなら、それくらいのことやってほしかったね。

だけどコイツ、議員辞めないのか？　日本維新の会（当時）から比例復活で当選して、維新の党を除名になったのなら、コイツが辞めて次の順位のヤツが繰り上がらなきゃいけないだろ。それでも辞めないってことは、やっぱり議員を続けるのはおいしいのかな？

もしくは、何か爆弾を持ってるのかもしれない。だってネットとかでさんざん叩かれて、普通だとノイローゼになるくらい、まいるはずなのに辞めないんだから、何かを握ってるんだ。ホントにタマ握ってんじゃねえか（笑）。何たってこの顔だもの。安いソープランド行ったら、いそうだよ。6000円くらいのところに行くと、こういうの出てくるからね。たいていい子持ち。

だいたいこの女、政治のことなんかわかってないだろ？　出馬したときの選挙演説なんか見ると、全然しゃべれてなかったし。何の知識もないから「え〜」「あ〜」って言ってるだけ。見かねて橋下が「すみません、初めてなんでアガっちゃって」とかフォローしてたけど、いくらアガっててもしゃべることくらい少しは覚えろって。ただでさえ国会議員は多すぎるのに、こんな議員いたって役に立たないよ（上西は2017年の衆議院総選挙には出馬せず）。

☆都知事に上り詰めた小池百合子（2017年）

エロい噂があるんだよ

小池百合子都知事って昔、エロい噂があって、男の政治家全員にヤラせたって話があった。冗談だけど（笑）。

オイラも都知事に担ぎ出されそうになったこともあったんだよ。そうなったら大変だよ。もしも都知事になったら、東京都始まって以来の汚職をしてやろうと思ってる。あらゆる悪いことをしてやる。都庁の食堂に、知り合いのすし屋を全部入れちゃう。それでワイロをもらう。

まあ、そこまではいかないけど、小池都政は混乱だらけだよなー。選挙のときに「やる」って言ったことを1個でも実現したら、たいしたもんだと思うよ。「やるやる」言うんじゃなくて、「ヤラせます党」ってのをつくったほうがよかったよ。

豊洲、五輪、何もできてない

小池百合子って人は人気あるらしいし、言ってることひとつでもやれたらすごいんだけど、やっぱり1個もできてない。豊洲新市場問題も五輪会場問題も完敗してる。バレーボール会場の有明アリーナを横浜アリーナにするとか、ボート会場の海の森水上競技場を宮城県の長沼ボート場にするとか言ってたけど、全部元に戻っただけ。かかった時間と金を損しただけで。

豊洲なんて何も稼働してないのに、1日に何百万円もムダにしてる。いずれ移動するしかないのに（2018年10月11日に豊洲市場の開場が決定）。その補償は税金から払われるんでしょ。でも問題提起したことは評価に値するけどね。

海の森だのなんだってのはオリンピックを名目にしてるけど、カジノまで全部入った大構想だよね。そのひとつがオリンピック。そもそも役人とか財界の頭のいいのがカジノの構図を描いて、インフラやら会場を全部決めといて、開発するいい方法はないかってとこに、オリンピックが招致できて、うまく税金で開発できるってわけなんだよ。

結局、小池は何ひとつできないと思うよ。役人と財界と既得権益団体はそんなに甘くない。アイツらは、どうやって使えるカネをじゃんじゃんかっぱらうかしか考えてないんだから。それを、急に都知事になって入ってきた女が全部ひっくり返すなんてありえないよ。そんなことわかりきってるんだから、築地のヤツらはみんな怒ってるよ。小池が何言って、どんなにモメたって、どうせ全部決まってることなんだから。待たされるヤツらが一番かわいそうだって。

そうじゃなきゃ、豊洲はカジノホテルに変えちゃえばいい。基礎はできてるんだもん。ボート会場はオートレース場にしたら大儲け。オリンピック用にスタンドつくった会場でオートレースやれば、客も気持ちいいし。競馬場やおまけにドッグレース場もつくってさ。あとは真ん中でボクシングとか格闘技やって、ラスベガスみたいにしちゃえばいい。

東京五輪の演出はオイラがやる

ところで東京オリンピックの開会式の演出は誰がやることになるのかな。ここ最近のオリンピックでは映画監督が続けて演出してるんだろ。ロンドンはダニー・ボイルがやったし、その前の北京もチャン・イーモウがやってる。

オイラんとこ、オファーは全然来ないねえ。まあ、もしやらせてくれるっていうんならアイデアはたくさんあるぜ。まず、建物を先につくっちゃうんじゃなくて、演出に合わせて建物をデザインするくらいじゃなきゃいけないと思うんだ。

たとえばオイラだったらフィールドを地下につくっちゃって、そこから全選手がせり上がってくるくらいのことはやりたいね。五輪の開会式の選手入場っていつもだらだらしてるだろ？　ゆっくり歩いて手を振ったりしてさ。もう歩かせないで何かに乗せちゃったほうがいい。長野オリンピックのときは劇団四季の浅利慶太がやってた。じゃんじゃん国のカネを注ぎ込んだわりに、あの演出はひどかったけどね（その後、東京五輪の演出は映画監督、山崎貴氏ら複数の専門家チームが担当することに）。

☆「このハゲーッ！」豊田真由子（2017年）

小倉智昭に向かって言ってみろ

豊田真由子の暴言ってのはいいよな。「この、ハゲーーーーーッ！」だぜ。テレビでもさんざんやってる。「ハゲ」ってのはテレビで言っていいんだってことがよくわかったよ（笑）。いままではオイラが「ハゲ」って言ったら怒られたのに、この部分については感謝するよ。これからはライブでも堂々とハゲネタが言えるよ。

豊田は丸坊主になって出直すって話もあるんだ？　いいんじゃない、瀬戸内寂聴みたいでさ。でも坊主じゃなくて、剃髪して頭ツルツルにしなきゃダメだよ。自分もハゲになって「このハゲーッ！」って言うほうがいいよ。

この報道、ほとんどのニュースやワイドショーでやってたのに、『とくダネ！』（フジテレビ系）だけやらなかったって話もあるな。小倉智昭さんだけスルーしたって（笑）。「このハゲ！」と、あの番組だけはできないというね。豊田には、ぜひ『とくダネ！』に出て小倉さんと並んでほしいね。

秘書だってロクデナシ

今回は暴言を吐かれた秘書が告発したんだろうけど、秘書なんかろくなもんじゃないから（笑）。議員にたかる「まわり秘書」「渡り秘書」っていうのがいて、いろんな議員の秘書やってるヤツらがいるわけ。カネさえもらえるなら誰の秘書でもいいってことで、当選しそうなヤツを見つけたら「秘書やってる者ですけど、選挙出ませんか？　当選したら自分を使ってください」って言うんだ。

選挙さえ受からせちゃえば、自分が秘書やって給料はもらえるし、特権もある。誰々のことを気に入って国会議員にしたいって熱意があるわけじゃなく、比例で当選しそうなヤツに片っ端から声かけていくっていう。コバンザメだな。

そんなんだから、ハゲだなんだって言われたって、何にもこたえてない。何言われても「はい、すいません」って言うだけ。それで、もっとよさそうなヤツがいたら、そっちに乗り換えちゃうんだ。今回は秘書が暴言を録音してたってことは、そいつは完全に雑誌社と組んでやったんだろうな。「録音しとくからスクープしてください」って（笑）。

結局、豊田真由子は2017年10月の衆院選挙で落選したけど、当たり前だよな。アイツも騒動が発覚したときにわざとらしく入院したりしないで、ちゃんと出てきて、いかに、あの秘書がダメか、訴えなきゃ。「簡単な事務仕事をしょっちゅう間違えるし、車を目的地と違う場所に着けちゃうし、普通怒るでしょ？　あまりに仕事ができないんだから、そりゃ『ハゲ！』くらい言いますよ」って。いまや「このハゲ！」は差別用語じゃないんだからさ。オイラはテレビで連発してるし（笑）。

☆山尾志桜里のダブル不倫疑惑（2017年）

東大出なのに頭脳は今井絵理子と同レベル

山尾志桜里が9歳下の弁護士とダブル不倫報道が出て、民進党を離党したよな。山尾って民進党の幹事長になろうかってくらいの議員だったのに、好きな男と平気でホテルに行っちゃうんだから人間味があっていいじゃねーかと思うけど。ただし、ホテルに行くにしてもバレない行き方があるだろうに。

山尾にしろ、豊田真由子にしろ、この2人が出た東大ってのはいったい何なんだ。豊田なんて、東大の法学部出てハーバード大を出てるエリートだろ？　それなのにこんなこと言ってるのなら、東大出てもホントに頭いいのかわかんないね。ただテストの問題が解けるってだけ。受験勉強ができても世間のことは何も知らないから、代議士になってもこんなこと平気で言うんだよ。

頭がいいって何だ？　子どものころから受験勉強ばっかしやってて、全然社会のこと知らないで東大に入って、官僚の試験とか司法試験受けて、社会に出てっちゃう。言っていいことと悪いことも知らず、人間の付き合いなんて何も知らないで、いつの間にか「自分が一番偉い」って思ってるんだろうね。だから禁句のはずの「ハゲ」って平気で言うんだろ。

ホント、政治家ってのはバカばっかかし。一般のヤツより政治家のほうがバカだぜ。今井絵理子なんて議員特権で新幹線のグリーン車にタダで乗って、妻子ある男と手をつないで寝てるし。「一線は越えてない」って、一線ってのをハッキリしてほしいよ。性器に入れることを一線という、とか。だったらケツに入れるのは一線ではないのかな。

まあ今井の場合は、票を入れるヤツも入れるヤツだよ。比例で受かったからしようがないかもしれないけど、なんで食えない芸能人がいつの間にか国会議員に転身してるんだろ？

〜顔で得したオンナ、小保方晴子〜

☆世界的詐欺師、爆誕（2014年）

小保方一人にかき回された理研

小保方ってのもかわいい顔してさ、何やってんだろうな。理化学研究所ってSACLA（兵庫県のX線自由電子レーザー施設）ってすごいものをつくった後に、この子のSTAP細胞が期待されてたんだろ。昔、事業仕分けで蓮舫に「2番じゃダメなんですか？」って言われてたのが理研。小保方が出てきたから「蓮舫、ざまあみやがれ」って思ってたのになあ。

iPS細胞の山中伸弥さんのところは、ノーベル賞とってすごい予算が上がったけど、理研はまったく上がらなかったからね。それが小保方で「これで来年は上がる」と思ってたら、これだからなあ。科学者って女に免疫ないのかな。小保方さん一人にこんなにかき乱されちゃってさ。

女の子でかっぽう着を着て、注目されてたのにね。さすがにiPS細胞のときに出てきた森口尚史（iPS細胞でつくった心筋細胞の移植手術をしたと虚偽発表した）とは全然違うと思ってたんだけど、こうなると何だかかわいそうになってくるね。だけど問題が大きいよな。ヘタすると世界的な詐欺だから。100万、200万円の詐欺とはわけが違う。世界中の人が期待してたことを裏切ったわけだから。やばいよね。

数学界で懸賞金がかかってる難問のリーマン予想とかって、毎年4月1日に「解けた」って言い出すヤツがいるんだよね。で、数学界が大騒ぎになった末、エープリルフールでしたってオチ。小保方さんも4月1日に発表しとけば逃げられたのに。そういえば、小保方さんを育てたっていうハーバード大学の教授だって、名前がバカンティだからね。いまとなっては名前からして怪しい。バカンティ教授なんて、漫才で使う名前みたいだよ。

ブサイクだったらもっとボロクソ

理研に不正を認定されてから小保方さんが会見を開いたけど、小保方さんがかわいいからよかったよな。ブサイクだったらもっとボロクソに「この大ウソつき」とか言われてたんじゃないか。顔で得するタイプだよ。泣いてしゃべられたら、「ＳＴＡＰ細胞の作製に２００回以上成功した」とか言われても、「そうなのかな」って思うもん。

でもＳＴＡＰ細胞の真相は誰もわかんないよ。わかったらその人は自分で論文を出せちゃう。数学の世界では「フェルマーの最終定理」をアンドリュー・ワイルズが、「ポアンカレ予想」をグリゴリー・ペレルマンが証明したっていうけど、それが本当か理解できるのは大天才だけだよ。ＳＴＡＰ細胞だって我々にはさっぱりわからない。科学者だってわかるんなら自分でやってる。学者のステータスは名誉しかないんだから、研究を先にやられたら地団駄踏んで悔しがるに決まってる。だからみんな、確実な証拠を見るまでは、ＳＴＡＰ細胞なんてないって言うよ。

佐村河内との違い

この先彼女はどうするんだろうな、一番いいのはそっとしといてあげることだと思うんだけど。こんなに騒ぎになったら研究室にもいられないだろうし、学校で教えるわけにもいかない。理研に職員として勤務することもできないだろうし困ったもんだ。こうなりゃゴーストライター騒動の佐村河内守とでも組ませるか（笑）。「わたしの書いた論文にはゴーストライターがいました」って言ってさ。でも小保方のほうは、シャレで終わらせるのは難しい問題だよ。

佐村河内にはずいぶん笑わしてもらったけど、ヤツは人の良心につけこむ本当の詐欺師だな。ここ何年かの世界的傾向で、人々がチャリティーとか愛とか、そういうのにすごく頼ったり喜んだり、泣きたいとか感動したいとかっていうのがあるじゃん。そういう風潮の中で、耳が聞こえなくて作曲ができるって売り出した。そういう情に訴えるものが通じなくなった時代がしばらくあったんだけど、3・11（東日本大震災）以降、また出てきたよね。被害者がたくさん出て、みんなを力づけるとか勇気を与えるとかさ、そういうのが流行になってるときに出てきやがった。

それにしてもあの顔、新興宗教の教祖みたいだよな。どうせ詐欺師なんだから「神の声が聞こえる」って教祖をやればよかったのに。

☆「200回性交しました」（2015年）

小保方のタレント性を活かすには

オイラが小保方さんの一連の様子を見て思ったのは、彼女はタレント性が抜群だってこと。「細胞できました！」「いや間違えました」ってコントやらせたいよ。芸能界からいっぱいオファー来てるらしいけど、エロ映画が一番いいだろうな。かっぽう着の小保方さんに、「おまえの卵子とオレの精子でSTAP細胞をつくろう」ってさ。

AVデビューでもいい。莫大なカネになるよ。デビュー作のタイトルは『STAP細胞はありま～す　200回性交しました』だよ。200人とセックスするんだ。数億円のギャラが入るから、それを資金にして実験施設をつくって、本当にSTAP細胞をつくっちゃえば、ものすごい事件になるぞ。そうなったら最高だな。

小保方さんがこれからSTAP細胞の再現に成功したら、それこそ映画化されるよ。小保方さんをいま旬の女優が演じて、追及する記者役はすげえイヤなヤツ。だけど「再現できませんでした」じゃ、映画化はできない（笑）。ハリウッド映画みたいに、最後はバンザイで終わらないと。「わたしも死のうと思ってたけど、諦めないでよかった」ってなれば映画になるけど、「できませんでした」じゃ「何だよ、できねえのか」って言われるだけだもん。

☆瀬戸内寂聴に相談するな（２０１６年）

寂聴さんは何の役にも立たないよ

小保方さんが久々に雑誌で瀬戸内寂聴さんとの対談に出てきたって。顔がよくなった、若返ったって声が出てるね。顔にＳＴＡＰ細胞を入れたんじゃねーか。「ＳＴＡＰ細胞はありま〜す」って言ってたんだから、実は小保方さんだけつくり方を知ってて、独り占めしてるんじゃないだろうな。

でも瀬戸内寂聴に相談しちゃいけないよな。不倫で坊主になって逃げた人でしょ。昔から剃髪とか坊主になるってのは、現場から逃げたっていう証拠だよね。戦国武将が頭剃って、「許してくれ」って感じの。政治とか倫理のリーダーではなくて、世捨て人になるってことなんだよね。それに相談しちゃいけない。何の役にも立たないよ。

〜マン拓で戦うオンナ、ろくでなし子〜

☆表現の自由って何だ？（２０１５年）

ろくでなし子のマン拓、見たくねえ

フランスの週刊紙がテロに襲われて、12人死亡する事件（風刺週刊紙を発行するシャルリー・エブド本社がテロリストに襲撃された）があった。イスラム教徒にとってものすごい挑発的な風刺画を載せてたけど、表現の自由ってよくわかんないよな。

たとえば、ろくでなし子の騒動もそうだ。自分の性器の型をとってつくるアート作品、「でこマン」って何だよ⁉「でこマン」をアダルトショップで売ったり、アソコの３Dデータを男にダウンロードさせて、わいせつ物陳列罪で逮捕されたって？ だいたい、ろくでなし子のマン拓なんて見たくねーじゃん。あれが表現の自由なのか？

立ち小便するオヤジとどう違うんだ？　見たくないものを見せるってことでは同じようなもんだろ。立ち小便して捕まっても、「街頭でやるパフォーマンスだ」「タマキン見せて何が悪い。これは芸術だ」って言えば表現の自由論争になるのかな。

井手らっきょのチンポも芸術

井手らっきょは4大ドームでチンポ出してるよ。NHKでも出して出入り禁止なんだ。井手も芸術のつもりでやったのかもしれないぜ。

オイラの番組では、ノーパン跳び箱っていう企画をやったこともある。アクリル製の透明な跳び箱の中に男が入って、AV女優がノーパンで飛ぶっていうやつ。うまく飛べなくて跳び箱に乗っかっちゃうんだ。大絶賛と大ひんしゅくを買ったけど、ろくでなし子の論理でいったら、これも芸術ってことでいいのかな。

それをいったら、AVのモザイクだっていらないってことになるよ。表現の自由ってことで、もうモザイクなんてやめて解禁すりゃいいんだよ。

濡れ場のボカシを笑うフランス

いくら表現の自由だ、芸術だって言ったたって、映画だって映倫（映画倫理機構）のチェックが入ってる。仲が悪いからオイラの映画をすぐにR-15指定にしやがるんだよ。だって『座頭市』がR-15指定なんだよ？　おかしいよ。理由は「大量に血が流れるシーンが残酷だ」って言うんだ。リアリティーをなくすためにわざと大げさに描いたのに。「表現」ってどういうことか、映倫もわかってないと思うよ。何考えてんだかさっぱりわかんないな。

外国はもっと自由だ。R指定はあるけど、濡れ場のモザイクはないから。オイラが出た『血と骨』は、フランスで見せたときにゲラゲラ笑われた。濡れ場でのボカシを笑われたから、ボカシを取ったら前張りが見えて、余計笑われた。それでフランスで上映するためにチンポをCGで付けたんだ。「オイラのは黒く、でかくしろ」って言ったけど、最先端CG技術をこんなことに使うとはバカな話だよ。

～女子アナになるオンナ～

☆コンドーム写真の夏目三久（2009年）

さんまとも噂があった

夏目三久アナってのが、ベッドでコンドームの写真を持ってる写真が週刊誌に出ちゃったの？　使用済みじゃなく箱ごとか。ちゃんと着けるなんて、むしろ偉いじゃん！　何も悪いことはしてないのにおもしろおかしく言われて、かわいそうだな。この子、明石家さんまと噂になったこともある子なんだ？　じゃあ、さんまは怒ってるのかな。いや怒ってないかも。「オレんときはナマだった」って言ってるかもな。「オレは特別だ。オレはゴムは着けない」って。

あんまり言えないけど、女子アナってほとんど見た目がかわいいだけの子ばっかりだもん。いまはタレント扱い。で、原稿は読めないし、滑舌も悪かったり、ひどいしゃべりのヤツもいるもんな。それでも男にチヤホヤされるのは女子アナっていう肩書きがあるから。普通の女より女優のほうがいいとか、普通の女より女子アナがいいとか。その程度のもんだろう。女が宝石を欲しがるのと同じようなもんだよね。女子アナって自分のこともわかってないし、能力とか許容量もわかってないから、だからちょっとのことでスキャンダルが出たりするんだよな。

ちゃんとした女子アナはＮＨＫと北朝鮮だけ。この２つだけはブサイクなババアが活舌よく大声でしゃべってるもんな。ちゃんとしたアナウンサーを見たかったら、北朝鮮の放送を見ろって感じだぜ。

☆お笑いが女子アナにモテるわけ（２０１３年）

田中みな実の男を見る目のなさ

田中みな実ってアナウンサーと交際してるっていうオリエンタルラジオの藤森慎吾が(後に破局)、モデルの女性を妊娠させて、堕胎させるためにカネ払ったたって。３５０万円か。バカだな〜。それで田中に謝りまくってんのか。田中も見る目ないよな。でもカネ払ったのにその話が表に出てきちゃったらダメだよな。だってなんでカネを払うかっていったら、表に出ないようにするためなんだから。

でもオイラも島田洋七も、クラブの同じ女に「子どもができた」って言われて200万円払ったことあったっけ。いま思えばあの女、いろんな男からカネを巻き上げたんだろうな。女は怖いよ。

オイラは女優にモテたぜ

ここ数年、女子アナがお笑い芸人とやたらとくっついてるよな。いまのお笑いがモテてるように思われるだろうけど、お笑いは昔からモテてたよ。最近は本人たちが交際を認めるようなこと言ってるから、モテてるように感じるだけ。だって昔はオイラもわりかしモテたもん。結構いい女優たちにもモテた。ただ、それをテレビとかで言わなかっただけ。相手の名前はいまも絶対に言えないけどさ。

オレらが女優にモテてたのに比べて、いまのお笑いは女子アナだろ。まあ、女子アナは芸能界の人と仲よくなれるってのが目当てでテレビ局に入ってるだけの子がほとんどじゃん。ちょっと前はプロ野球選手とかプロサッカー選手のカミさんになりたくて女子アナになってた。昔はCAで、いまは女子アナがブランド。いかんせん不景気で野球界も調子悪くなっちゃったから、ITとかの青年実業家と結婚してる。で、遊ぶならお笑いって感じかね。何年もその局のアナウンサーでいたいわけじゃなくて、チヤホヤされて楽しいくらいの気持ちで、本当のお目当ては金持ちを捕まえることなんだよ。だからすぐ辞めるんだよな。で、辞めたら辞めたで「元女子アナ」って肩書きがつくのがいいんだろうね。

☆日テレの内定取り消し騒動に言いたい（2014年）

女子アナに清廉性なんてあるか

日本テレビがアナウンサーとして入社予定だった笹崎里菜って子を内定取り消しにしたんだってね。理由が、銀座でホステスのアルバイトをしていたことがわかったからだって。この件はTBSの『情報7daysニュースキャスター』でも「触れないでください」って言われた（笑）。

でも、その理由で内定取り消しなんて、明らかに職業差別だろう。ソープ嬢だったらもっとダメなのか？　ソープランドの中で何やってるかは知らないけど、法的には売春じゃないよ。「元売春婦で捕まった過去がある」っていうんならともかく、アルバイトでホステスやったっていいじゃねえか。このまま内定取り消したら、ホステスは悪い仕事なのかってなっちゃうよ。接待の仕事をやってただけで何が悪いんだ？

「アナウンサーには高度な清廉性が求められる」とか言ってるけど、女子アナなんてどの局も見た目がかわいいヤツだけを入れて、後は野球選手やサッカー選手にやられて出ていくだけだろ。前から言ってるんだけど、ブサイクな女子アナ使ってるのは、NHKと北朝鮮だけ（笑）。でも最近は、NHKは少しはキレイな子を入れるようになってきたけどね。

これ、裁判になってんだろ？（後に和解し、笹崎は2015年に日テレに入社）。もし「雇わなきゃいけない」って判決が出たら、日テレは誰も見てない朝4時半ごろの天気予報とか、深夜のワケわかんないニュースとか、そんなのをやらせるかもな。

オイラの娘の〝清廉性〟

この子、元ミス東洋英和なんだ。オイラの娘が東洋英和の幼稚園を受験したけど、面接で落とされた（笑）。校庭にブランコがあってさ、「乗ってはいけません」って書いてあったのに平気で乗って、オイラはたばこ吸いながら押してたんだ。あと待合室に行ったら、隣の子が読んでる絵本をうちの娘がふんだくっちゃった。その子が「何するの?」って言ったら、本でぶん殴っちゃってさ。これじゃあ落ちるよな（笑）。

～女子フィギュアスケーターの明暗～

☆父親を明かさず出産した安藤美姫（2013年）

相手は獅童？ 海老蔵？ 火野正平？

安藤美姫の出産告白がエラい騒ぎになってるけどさ、子どもの父親は誰なんだ？ やっぱり興味あるよな。

このいだ飲み屋で、ゲラゲラ笑いながら「父親は中村獅童じゃねえか？」なんて言ってる人もいたな。誰が父親だったらおもしろいかなって話になってさ。市川海老蔵とか火野正平、ケーシー高峰。名前出すだけで笑えるんだ。挙げ句の果てには「矢口真里とやった間男だろ」なんて言い出すのもいてさ。ＩＴ企業の大物とかでもおもしろいけどね。丸源ビルのオーナーでもいいな（笑）。

いっそのこと、オイラが父親だって言ってやろうかな（笑）。オイラとか島田洋七とかが名乗り出ても「バカなこと言って……」って相手にしてくれないだろうしな。誰か「わたしが父親です」って言って、世間もみんな「そうだったのか」って納得してくれるヤツっていないのかな？

パパ判別法を教えるぞ

だけど出産するまで周りが気付かないっていうのもすごい話だよな。ここまで隠し通すなんて偉いよ。相手の男に「黙っててくれ」って言われてんのかな？　噂されてる元コーチのニコライ・モロゾフとかプロスケーターの南里康晴あたりだと、そんなにカネは持ってなさそうだし、父親とは別の関係から「言うな」って指示されてるのかな。だけどいずれはバレるだろう。男と絶縁したわけじゃないと思うし。

沢田亜矢子の娘だって、大人になってきたら江本孟紀に似てきたって言われてるもの（笑）。あれは球を投げさせりゃわかると思うけどね。アンダースローなら小林繁、上から投げれば江本じゃないの。安藤の娘は音楽をかければわかるだろ。コサックダンスを踊り出せばモロゾフ、盆踊りでもしたら父親は日本人だろ。

☆派手に報じられた浅田真央の引退（２０１７年）

どうしてキム・ヨナが金だった?

浅田真央が26歳で引退か。オイラの番組『みんなの家庭の医学』（テレビ朝日系）も、『緊急スペシャル生放送「ありがとう！　真央ちゃん」独占映像で振り返る完全保存版！』に差し替えられて、大変だった。彼女は14歳ぐらいから一線でやってきたからね。10年ぐらい前に、女子史上初の3回転半を2回成功させたりとか、その後もいろいろ女子史上初をやって頑張ってきてたのに、ライバルといわれた韓国のキム・ヨナは、難しい技なんて全然やらなくて金メダルだった。なんでキム・ヨナが金だったんだろう。

引退会見を見たけど、この子、たいしたことは言ってないけど、しっかりしてるよ。子どものころから取材を受けてるからだろうね。はなからトップで活躍してきて、調子いいときもあるけど、結構、苦労してるから、ダメなときに「引退」とかいろいろ言われてさ。フィギュア選手にしてはもう結構年だったから、太ってくるし、体の管理とか大変だったと思うよ。太りやすいタイプに見えるしね。

これからはスポーツキャスターでやっていくんだろうけど、自分がやってきたフィギュアの解説ぐらいしかないだろうな。プロに転向して、ディズニー・オン・アイスとかに出ればカネになるんだろうけど、プロでやってるのは、だいたい五輪金メダリストだからな。銀はとってるから大丈夫か。

不倫の歌に何を重ね合わせたのか

そういや、ずっとツッコミたかったことがあるんだ。以前に、1年くらいの休業から復活して、現役続行を表明する会見を開いたことがあったろ（2015年）。その会見で浅田はテレサ・テンの『時の流れに身をまかせ』を聞いて気持ちが楽になって復帰を決めたって言ってたけど、何の関係があるんだよ？　歌詞の内容と全然合わないよ。だいたい、不倫してる女の歌だからね。「もしもあなたと逢えずにいたら　わたしは何をしてたでしょうか」。それから「もしもあなたに嫌われたなら　明日という日　失くしてしまうわ」って。

まあ、「あなた」をスケートと重ね合わせたのかもしれないけどさ。男でもできたのかな？　って思ってたよ。男ができていろんなこと覚えちゃったんで、「時の流れに身をまかせよう」って思いに至ったんじゃないの？　って。そうじゃなかったのに『時の流れに身をまかせ』がいいって思ってたんなら、安藤美姫と同じように真央ちゃんも知らない男の子どもでも産めって思ってた（笑）。

関係ないけど、こないだ「テレサ・テンは10人いる」って話で盛り上がってたんだ。

日本に来たのがテレサ・テンで、韓国にいるのがテレサ・ナイン。テレサ・エイト、テレサ・セブン……とアジアにみんないるんだ。台湾にいるのはテレサ・ワンだよ。

～オンナで動く世の中アレコレ～

☆老人とオンナ（２０１５年）

高倉健さんが予言した精力減退

オイラはここ2、3年は女とやる気が起こんない。漫才ブームの全盛期のころなんて、1日2人で年間700人くらいの女とやってたのに。いまは全然ダメで、情けないことに性的なものに興味がない。ナマの女が嫌になってきたぐらい。女見ても、汚いって思うようになっちゃった。たまにアダルトビデオを見ても、笑っちゃうもん。何くだらないことしてんだ、コイツらって思うし。

高倉健さんと映画『夜叉』（1985年公開）で共演したとき、健さんも言ってたんだ。健さんが54歳、オイラが37歳くらいのときだったのかな。オイラが「健さんは酒も飲まないし、女っ気もないし。女に興味がなくなったの？」って尋ねたら、「タケちゃん、オレはゲイじゃないぞ」って。「これまで遊んだことは遊んだ。だけどもね、もう女なんてどうでもよくなっちゃって、面倒くさいんだ。話すんだったら男のほうがいいしな。女と変なことする気はさらさらない」って言うんだ。「年取ったらそうなるの？」って聞いたら、「オレはちょっと早いほうかもしれないけど、60過ぎたらみんなそうなるよ」って。

本当に健さんの言うとおりだったね。オイラが若いときには、年取って女とやる気がなくなるなんて、男として終わってるし、悲しいって思ってたんだ。欲望がないなんて、楽しいことがないってことじゃん。でも自分が60過ぎてみると、意外にそんなことないんだよ。うまい酒飲んで、おいしいもの食って、あとバカ話してると楽しいんだ。やるために一生懸命に銀座で口説くより、下町のスナックでクソババア相手に下心なくしゃべってるのもだいぶいいもんだぜ。若い女とは話が合わねえし。

もう10年、20年早くこんな状態になってたら、オイラも出世したのにな（笑）。小遣いもウン億円くらい残ったんじゃねえか。この歳になって髪の毛も増えてきちゃってさ。女性ホルモンが多くなってきて、それで性欲もなくなっちゃったんじゃないかな。ハゲてるヤツは男性ホルモンが強いってことだから、うらやましいくらいだよ。だから、カツラとか植毛で隠さなくてもいいのにな、小倉智昭さんとかさ（笑）。オイラはこのまま女性ホルモンが増えていったら、いつかオネエになっちゃうんじゃないか。そしたら自分からカミングアウトしちゃうぜ。どっかの新聞で、でかく載せてくれないかな。

加藤茶、志村けんの〝変態ぶり〟

しかしいまのジジイは元気なのも多いよね。サウナでよく会う目上のオヤジがいるんだけど、よく「たけちゃん、女どうだ?」って聞いてくる。「全然ダメです。オジサンはまだ女に手出してるの?」って言ったら、「オレは絶対モテる。圧倒的な優しさとカネさえ持ってりゃモテる。優しさとカネしかねーよ!」だってさ。どう考えても女はカネ目当てだろうけど、自信がすごいんだよ。

芸能界でも元気なのが多いよ。加藤茶さんが45歳も年下のオネーチャンと再婚したとき（2011年）は、驚いたな。あの人もおかしな人だよ。前の奥さんと暮らしてるときに愛人が発覚して問い詰められたら、「3人で住まないか」って言ったんだって。さすがにいまは、もう勃たないと思うけどな、絶対。それでも結婚するんだから、偉いな。触発されてオイラも久々に一人でしてみたら、右手がつっちゃった。肩こりで鍼打ってるんだから、最後までは続かないよ、手が震えちゃって。ついでに局部捻挫もしちゃったんだ。曲がったまま続けてたら、グニャっとなって「ウ〜ッ」って。チンポが捻挫するようになったらもう終わりだよね。

ドリフといえば志村けんはまだ独身だけど、女癖がすごい。女の子のアソコ触りながら飲むのが好きなんだから（笑）。隣の女にテーブルの下からパンツの中に手を入れるんだ。「やめて」って言われても「がまんしろ」って。がまんしてる顔を見ながら飲むのが好きなんだって。女が怒ると「チップやんないぞ」だって。しょうがないよな。この間は志村の車が恵比寿の路上に止まってて、縦に揺れてたって話を聞いた（笑）。ホテルに行けってーの。こっちは一生結婚はしないんだろうな。

元気すぎるジジイの功罪

もっと年上にも元気な人がいる。内田裕也さんは、50歳の交際女性に復縁を迫って、強要未遂と住居不法侵入で逮捕されたよね（2011年）。このときの裕也さんは71歳。元気すぎるよ。やっぱり裕也さんおもしろいね、最高だな。

笑えないのだと、26年間で1万2660人のフィリピン女性を売春した元中学校校長が逮捕されたっていう事件（2015年）。この人は、逮捕されたときで64歳か。許されない犯罪なのは間違いないけど、最盛期は1日7人くらいやってたって話も聞くからすごいよな。その面ではこの元校長は尊敬するよ。絶倫になれるクスリでも売り出してくれないかな。『絶校長』っていう名前にしたら、相当売れるんじゃねえか。「絶校長、1万2660円」とかいいね。相当効きそうだよ。元校長が「わたしも愛用しています」って写真入りで広告に出てくれないかな。

☆カネとオンナ（2016年）

女優なんてみんなマル暴のオンナだった

日本では「金持ちになりたい」「カネほしい」って言うと、以前は「そんな下品なこと言うな」って感じだったでしょ？「男はカネじゃねー」とか。でも、そんなのとんでもないウソだよ。男はカネに決まってんじゃねーか。六本木ヒルズで遊んでるネーチャンなんか、IT長者にナンパされたいから行ってるだけでさ。いくらハートがよくったって、中小企業の社員なんてモテるわけないじゃん。そんなのにナンパされたら、ネーチャンたちとしては「ふざけんな」って感じだろうね。しまいには、「わたしはナンパに引っかかるような下品な女じゃない」って、訳わからないことになっちゃう。

これだけ貧富の差が開くと、金持ちは何してもよくて、貧乏人は何してもダメだよ。金持ちは金持ち同士で結婚し続けて、貧乏人は金持ちたちの奴隷で居続ける。貧乏人の反抗の方法は、働かないか、勝手に死んじゃうかしかない。世界中の貧乏人がいなくなれば、権力者も自分で働くだろ。「働いて金持ちになろう」なんて甘い言葉にダマされてみんな、まともに働いてるけど、収入の半分を権力者に取られてるんだぜ。

カネに物を言わせてアイドルとか女優を食いまくってるヤツだっているよ。一時期の女優なんてみんな国会議員かマル暴か経済界の大物の女だった。昔は芸能界が暴力団と関係ないなんてありえなかったよ。当然だったもん。それしか生きる道がないんだから。そういう大物の女になることによって、いろんな映画に出させてもらってたんだ。大蔵映画の大蔵貢社長なんて、「女優を妾にしたんじゃない。妾を女優にしたんだ」って居直ってたし。

そういう時代に比べれば、いまの女優はある程度は相手を選べるんだから幸せだよ。昔は「ヤダ」って断ったら、もうどこにも出られなくなるんだから。カネの力には逆らえなくて、イヤでも女になるしかなかった。

不倫相手にケチったらこうなる

いまはカネ持ってても、上手に使えない男も多いよな。女関係では、カネの払い方って大事なんだよ。桂文枝さんが、紫艶とかいう演歌歌手に20年不倫を暴露されて、フェイスブックに全裸画像までアップされたんだって？　オイラに言わせれば、別れ方が下手なんだよ。ケチで十分なカネやってなかったから、こんなことになったんじゃないか。人間国宝に手が届くような人が、カッコ悪いな。全裸写真まで撮らせたってのも、相当ワキが甘いよね。こんな不倫のドタバタじゃあ、人間国宝は無理じゃん。文枝さんは有名人なんだから、女にカネをケチったら必ずやられるよ。特に芸能界にいる女はアブない。別れるのも遊ぶのも、きちんと十分以上のカネを渡さないとダメなんだよ。だいたい20年も不倫してたってんなら、死ぬまでカネの面倒みてやんないとダメ。

もっと言うなら、プロの女にも口止め料は払わないといけない。ただし、どんだけ払っても、ダメなときもあったけどな。雑誌とかにオイラのことをペラペラしゃべるから、怒ったこともある。「それでもおまえらはちゃんとした人間なのか！」「少しは客のことをしゃべっちゃいけないとか思わないのか！」って。「おまえら道徳ってものがないのか」「倫理観がないぞ」「プロとしての仁義がない」って説教までしたんだけど、通じなかったな。

紗栄子がもらう慰謝料って

ダルビッシュ有が紗栄子と離婚が成立したとき（2012年）、慰謝料なしで毎月200万円の養育費をダルビッシュが払うってことで落ち着いたって話があったけど、それだって、ダルビッシュが稼いでる額に比べて少ないと思った。オイラは慰謝料10億円で、毎月1000万円ぐらいだと思ってたな。毎月200万じゃ、愛人に払うくらいの金額じゃん。オイラだって昔、愛人にそれくらいやってたこともあるもん。まあ、オイラの場合は1年半で息切れしちゃったけど。だんだん相手に興味なくなって、そうなるとカネ払うのがもったいなくなって……。そうか、ダルビッシュは20年間くらい続けなきゃいけないのか。失礼しました（笑）。

☆風俗とオンナ（2013年）

ソープ嬢を介護職に回せ

橋下徹大阪市長（当時）が、沖縄の米軍基地司令官に「日本の風俗を使え」って言ったことで、えらい叩かれたね。アメリカ人に言ったらダメだよ。アメリカだって売春は合法じゃないからね。ホントは売春婦でも「ダンサー」って言ってごまかしてる。前に、ニューヨークの知事が高級売春クラブの常連だってことが報じられて、辞任したこともあったじゃん。そのクラブは1時間55万円だったっけ？　そんな高級なのなら、オイラも買ってみたいなって思ったけど（笑）。

日本だって、もちろん合法じゃない。吉原だって表向きはサウナとかマッサージをやってることになってるんだから。実際にソープでやってることは「言わない約束でしょ」って話なのに、それを言っちゃったらマズイよ。

それならいっそのこと、「風俗嬢を老人介護に回せ」って言えばよかったのに。厚生労働省がカネをいっぱい出してやらせればいいんだ。ソープ嬢を介護専門のオネーチャンに認定して、国家公務員にして高い給料を払ってさ。ソープ嬢なんてカネが欲しいからソープで働いてるんであって、別にセックスしたくてやってるわけじゃないんだから。老人の身の回りの世話をすればみんなに感謝されて褒められてさ、ヘタすりゃ死ぬ間際の老人は、カネくれるかもしれない（笑）。「本当によく介護してくれた。財産は彼女にやろう」ってね。

次にはやる風俗はコレだ

しかし、いろんな新しい風俗が出てくるけど、すぐ摘発されて終了するね。不景気で若者はカネがないから、客も少ないのか。だったら一周してぼったくりバーとか、日活ロマンポルノ的な雰囲気の風俗ってのはどうかな。昔、目黒にＳＭバーがあったんだけど、おもしろかったなー。すごい生意気なオヤジがいて、怒鳴り散らすわけ。ドア開けると、映画『ベン・ハー』（１９６０年公開）に出てくるような古代ローマの兵隊みたいな格好したマッチョなオヤジが「何だよ！」って言ってくる。こっちがぼうぜんとして立ってると、「いつまでも立ってんじゃねー、コノヤロー、早く座れ！」。座ったら「座っただけで何してんだ！」って。オイラが「えっ？」って言ったら、「テメー、コノヤロー、タダで座ってどうすんだよ！」。オイラが「あっ、はい、ビール」って言えば、「ビールって顔か、コノヤロー！」。つまみにモロキューを頼んだら「モロキューって顔か？　これでも食ってやがれ！」ってフカヒレを出してくるんだ。おいしかったけど、どう見ても高い。もう怖くなってさ。そんなとき、別の客が「オヤジ、もう帰る」って言ったら、豹変して「ありがとうございます。また、よろしくお願いします」って深々と頭を下げるんだ。勘定のときだけおとなしくて愛想がいいんだ。いやー、笑ったな。ヘタな女がつく店より、はやるんじゃないかな。

一時期はメイド喫茶、ツンデレ喫茶なんてのがはやったけど、オイラが考えたのが「天保の大飢饉喫茶」。入るといきなりボロを着た人が現れて、「メシおごってくだせえ」「白いメシを食わせてけれ」とか「子どもが死にそうなんです」って言いながら足にまとわりついてくるの。それを草履で蹴ってもいいっていうね。「飢饉の時代の殿様になれる」ってうたい文句でさ。目黒のＳＭバーと同じ感覚で、案外いけるんじゃないの？

第3章　現代のアブないオンナたち

〜クスリに溺れたオンナ〜

☆バカと結婚した酒井法子（2009年）

視聴率上げてくれてありがとう

酒井法子が覚せい剤で逮捕されて、大きな騒ぎになった。同じ時期に大原麗子さんが亡くなったのに、酒井と押尾学（麻薬取締法違反で逮捕）のせいで大きく報じられなかったもんな。かわいそうだよ。大女優が亡くなることより、シャブやってるヤツらのことのほうが扱いが大きいってのは困ったもんだ。日本人はスキャンダルが好きなんだよな。

酒井が逃亡の末に逮捕された直後に、オイラが出てる『情報7daysニュースキャスター』の放送があって、その視聴率が30％を超えたんだ。プロデューサーはガッツポーズしてたね。オイラが「みんな酒井を見たいんだから、オイラのコーナーも全部飛ばせ。どうせ日本人は犯罪者が好きなんだから」って言って、そうしてもらったんだ。しかし酒井がこんなに騒がれるほど人気があったなんて知らなかった。『碧いうさぎ』なんて曲も知らなかったもん。カラーひよこなら買ったことあるけど。

最初に夫（2010年に離婚）の高相祐一が逮捕されてから、酒井が逃亡したんで、さらに騒ぎがデカくなった。ただ昔、オイラも同じようなことやってたんだ。オイラが講談社に殴りこんだとき（1986年のフライデー襲撃事件）、カミさんが子どもを連れて大阪のほうに逃亡したんだよな（笑）。

やっぱりよくない男とくっつくと、引きずられるよな。なんで酒井はこんな男と結婚したんだろう？　いろんな報道を見てても、この男はホントにバカ。また絶対捕まるだろ。アイドルも年を取って、うまいこと役者に転身していくヤツもいるけど酒井の場合、これから先、離婚したとしてもコイツが逮捕されるたびに酒井の名前が出ちゃうからキツイよ。

中国でヌードになれば今後も稼げる

それにしても酒井はたいしたオンナだよ。捕まっても堂々としてたし。次の『極道の妻たち』の主役で決まり（笑）。Vシネマからも引っ張りダコだろうよ。それか小向美奈子みたいに浅草のロック座でストリップやるとか。客が集まって、ものすごいことになると思うよ。ロック座も喜んじゃって、1ステージ100万円でも出すんじゃねえか。行列ができちゃって、浅草観光協会とかも出てきちゃうんじゃないかな。浅草寺が酒井を祀るかもしれないな。酒井は中国でも人気があるみたいだから、中国でヌードになるのもいいかもな。どうせ酒井のそっくりさんのAVなんてのは、もうあるんだろうし、それをホンモノだって言い張ってもいい。

ただ、酒井の場合は、これからも芸能界で仕事はあると思うよ。清水健太郎みたいに何回もやったら無理だけど、大麻で捕まった美川憲一や研ナオコだって復帰してるし。

芸能人のクスリ事情

しかし昔からクスリやってる芸能人は多いな。昔はヒロポンっていって、合法だったからね（覚せい剤取締法は1951年施行）。芸人では、かしまし娘さんとか全員やってた。ミヤコ蝶々さん、三波伸介さん、東八郎さんとか全部。俳優では渥美清さんも。やらなかったのは萩本欽一さんとか、オイラから後の世代。オイラより上の人はみんなやってたね。みんな打ってから舞台に出てたから驚いたよ。

打つと幻覚見ておかしくなっちゃうんだ。三波さんなんか、時間の感覚もなくなっちゃって2～3時間コントをやりっぱなし。まったくウケてないのに。マネジャーに「おまえ、刑事だろ」って言ったり、客席を見て「刑事が400人もいる」って言ったり。完全に狂ってんだ。だから重度にヒロポンやった人はみんな50代で死んじゃう。ヒロポンに勝って長生きしたのは由利徹さんくらい。79歳まで生きたからね。

いまはクラブってのがドラッグの温床だね。酒井もそうなんだろ。オイラは絶対に六本木は歩かない。危なすぎるって。クスリ関係の罪はもっと重くしたほうがいいのにね。

☆ASKAの愛人は強かった（2014年）

覚せい剤セックスの快感

ASKAが覚せい剤で捕まったけど、薬物はもう子どものころからいかに恐ろしいか教えないといけない。教育が必要だよ。一度やっちゃったら覚せい剤のない国とかに行かないと絶対にやめられない。それくらい恐ろしいんだけど、覚せい剤を打ってやるセックスの快感は全然違うらしい。イクときの快感が1時間くらい続く感覚なんだって。天国なんだ。だからASKAと一緒に逮捕された、ASKAの愛人だっていわれる一般人の女も、ある意味ではかわいそう。そのセックスを覚えちゃったんだから。ASKAは裁判で全部認めたから、あっさりと懲役3年、執行猶予4年の有罪判決が出たけど、愛人のほうは絶対に認めなくて、徹底抗戦のまま判決を待つらしいじゃん。やっぱ結局、強いのはオンナだよね。オンナはオトコよりストレートだよ。

ASKAはちょっと前から週刊誌に薬物疑惑を実名で書かれてたからね。本当にやってなかったら、普通なら報じた週刊誌を名誉棄損で提訴するだろ。訴えないのはやってるってことなんだなって、たぶんみんなが思ってたよ。

最も健全なミュージシャンはヤザワ

しかしミュージシャンって、何か変わったヤツ多いよな。名前出したら怒られるけど、長渕剛とか玉置浩二とか（笑）。クスリやってるとは言わないけど、変わってるよ。

意外に一番健康的なのが矢沢永吉じゃねえの？　ファンも全然悪ぶったりしてなくて、「永ちゃん、永ちゃん」って言って喜んでる。不良やりたいけどやれないマジメなヤツが矢沢のコンサートに行くときだけ不良になれるみたいな感じ。健全だよ。

☆落ち続ける小向美奈子（2015年）

太りすぎでロック座をクビに

小向美奈子が覚せい剤で3回目の逮捕か。小向なんてクスリで捕まってから有名になったようなもんだな。最初（2009年1月）に逮捕されて執行猶予判決になって、そのあと2回目（2011年2月）に逮捕される前にフィリピンに行ったあたりから「やめられないんだな、クスリ抜きに行ったんじゃねーか」と思ってたよ。妙に太ってたし。覚せい剤やると食欲なくなるっていうけど、実は覚せい剤の常習者はキメた状態が日常になっちゃうから、食欲は旺盛らしいよ。オイラが聞いたとこでは、小向は男にフラれてヤケ食いして太ったって言ってたらしいけど。

小向って太りすぎたからロック座の契約を解除されたらしいね。最初は話題性で客席を満員にできて、入場料を一人8000円くらいとって儲かってたのに、太って使えなくなっちゃったから、ロック座はもう使わないって決めた。「体重が増えすぎ」って言って、クビ切ったんだって。小向が出てるせいで劇場に刑事が張り込んでたから、ほかの踊り子もご開帳ができなくて、つまんなくなってたらしい。小向はその後、愛媛県の道後温泉のストリップに出てただろ？　道後温泉って、客に完全に見せるようなハードなとこだぜ。ロック座でやってる内容とは違うはずなんだ。温泉街のストリップで、アソコを見せないなんてありえないもの。昔は客をステージに上げて、一発やらせてたくらいだから。こんなこと言うと道後のヤクザが怒るかな（笑）。とにかく、そういうとこ行くと、クスリに手を出したくなる気持ちになるんじゃないの。

もうAVも売れないよ

これまでは、ストリップもAVも1回目は売れた。オイラも2012年の東スポ映画大賞のカムバック賞に小向を選んで、授賞式に来てもらったりしてたんだ。そのとき「たけしさんにAVを撮ってほしい」って言われて、オイラもまんざらでもなかったんだけどな（笑）。でもいまはもう小向美奈子って名前しか残ってない。年も年だし、体も体だし、顔もアイドル顔じゃなくなってるし。逮捕されたときの写真を見ると、どっかで本人を見かけても小向美奈子ってわからないくらいになってるよ。今度もまたその業界で復活するにしても、最初のインパクトはないからね。そうなると、気を付けないとこれからじゃんじゃん落ち込んでいって、人間としてダメになっていくだけ。落ちるとこまで落ちるよ。

ほら昔〝裏本の女王〟って呼ばれた田口ゆかりってのがいたじゃん。エロ本、AV、ストリップに出て、覚せい剤で逮捕された。その後もストリップやりながら、また覚せい剤で逮捕されたり。後から容疑が晴れたケースもあったというけど、小向も似たパターンだよ。とにかく、覚せい剤は1回やったらやめられないんだから。直接、脳に作用するから、とにかく恐ろしいんだ。本人が「やめた」って思っても、脳が覚えてるから、目の前に置かれちゃうと絶対に手を出しちゃうんだ。

☆ホステスが中年男をシャブ漬けにする（2016年）

清原和博と愛人ホステスの接点

清原は逮捕のちょっと前に会ったとき、雰囲気で「やってるな」ってわかったね。そういや、清原がプロポーズしたっていう銀座の高級クラブのホステスってのがいるじゃん。清原と通い同棲してたっていうハーフの女子大生。そのホステス、オイラがその店に行ったときに、オイラの席に着いたこともあったんだ。危なかったなー。そのホステスがそうってわけじゃないけど、中年男がシャブにハマるのって、だいたい女が「アレやったら気持ちいいから、一緒にやらない？」ってシャブセックスを誘ってくるのがきっかけらしいよ。

高知東生だって、ラブホテルでホステスと覚せい剤やってる最中に麻取に踏み込まれて逮捕された。若いネーチャンに「これやってみてよ」って言われて、差し出されたら、男なんてどうなるかわかんないんだよ。

シャブ漬けホステスの手口

カネのある40代の男が女房に飽きて、ホステスがいる店に行くじゃん。ヤクザの店でシャブ漬けにされたホステスが、お客をホテルに誘ってシャブセックスすると、お客が完全にハマっちゃう。これじゃあダメになるってお客が覚悟して、女の誘いを断ると、次はヤクザが出てきて「会社に言うぞ」って脅してきて、死ぬまでシャブを買わされ続けるんだってさ。

監視されてないと覚せい剤はまたやるよ。覚せい剤やると脳の仕組みが変わっちゃうんだって。本人の意思ではどうしようもないところで、脳自体が変わる。「もうやらない」と思ってたのが、仕組みが変わって「もう1本くらいいいだろう」ってなっちゃう。やめるには、周りが監視しないとダメなんだ。一人で自由にいて、目の前に出されたらまた必ず手を出す。売人はそれをわかって近づいてくるんだから。

〜不確かなものに頼るオンナ〜

☆幸福の科学に出家した清水富美加（２０１７年）

オイラの守護霊もインタビューされたぜ

宗教法人「幸福の科学」に出家した清水富美加って子は、オイラが撮った映画『龍三と七人の子分たち』（２０１５年公開）に出てたんだよな。中尾彬さんの孫で、石塚康介の彼女役でさ。ちゃんとした芝居するから、これから人気出るんだろうな、って思ってたら、ジャンジャンいろんな番組に出るようになっていったんだけど、まさかだよな。

しかし幸福の科学ってのは、なんなんだろう？　だいたい、大川隆法って何者なんだよ？　オイラも昔、『ビートたけしが幸福実現党に挑戦状』（幸福の科学出版）なんて本を勝手に出されちゃったことがある。向こうがご丁寧に、本を送ってきてくれたから読んだよ（笑）。オイラの守護霊が大川隆法に乗り移って、「何だその質問は」とか「おまえらはまだ甘い」なんて信者を怒ってんの。それから「オイラは総理大臣にはならない」

とも言ってた。そりゃ確かになる気はないけど。これこそ「なりすまし」じゃないのか？

しかも印税はくれないんだ（笑）。幸福の科学はカネ持ってるんだろうし、守護霊を勝手に使ったんなら、ちょっとはこっちに払ってほしいよな。

しかし守護霊にインタビューするってありなのか？　じゃあ、村上春樹の守護霊にインタビューしたらさ、でっかく「村上春樹」って名前を出して、小さく「の守護霊」って書いて本を出したらどうなるんだ？　それを『ノルウェイの森』なんてタイトルで、勝手に出していいってことなのかな。よく見ないで買っちゃう人もいるだろうし、売れるんじゃないか。いい商売だよ、真似はしたくないけど。

オイラも今度、テレビで変なこと言っちゃったら「いまの発言は、たけしの意見ではなく守護霊の意見です」ってテロップ出そうかな（笑）。最近よく「あくまでも個人の意見です」ってテロップが出るから、「あくまでも守護霊の意見です」ってことで。なんでも守護霊のせいにすればいいんだから、便利だよな。

久本と柴田に意見を求めるな

清水はCMとかも結構出てたから、損害賠償とか求められるのかな？　違約金は相当な額になるかも。そう考えると、契約が切れるまでなんで待たなかったんだろ？「もう新しい仕事はやらない」って言って、徐々に切っていくのはいいけど、後の処理を全部事務所に任せて辞めていくのは、虫がよすぎるだろ。いままでギャラはもらってたんだろうから。人の信仰にはとやかく言えないけど、周りに迷惑掛けるのはダメだよな。

まだ公開してなかった主演映画が3本もあったんだって？　そりゃ、出資しているヤツらも怒るだろ？　どんな映画か知らないけど、この騒動で損害はだいぶ出るんじゃないの。ただ、違約金が発生しても、幸福の科学はカネ持ってるから大丈夫なのかな。

それにしても、清水のことについて報道陣がこないだ久本雅美と柴田理恵に取材してたけど、アイツらにとっちゃ迷惑な話だろう。だってあっちは別の宗教団体だから。聞かれたって答えようがないだろ。

女優の父親が連れてきた奇妙な坊さん

そういえば昔、オイラの楽屋に某女優のお父さんが来たことがあるなー。しょうがないから「1時間だけ会います」って言ったんだ。そしたらそのお父さん、お坊さん20人くらい連れてスタジオに来てさ。お坊さんがオイラの手を握って「やっと会えましたね」って泣き出しちゃってさ。

そのお父さんは「たけしさん、よかったですね。このお坊さんがあなたを助けたんですよ」って。そしたらまたお坊さんが「わたしは○○宗の者です。今日連れてきた女の子（某女優）が、霊を呼んでしゃべるんです。あなたの霊も呼んだことがあるんですよ」って。オイラの霊がその女の子に乗り移ったことがあるって言うんだよ。オイラ生きてるのに、いつどこでその子に乗り移ったんだよ!? 後で聞いたら、オイラがバイク事故に遭ったときだったんだって。「ああ苦しい、痛い。どうしよう、死んじゃう」って言ったんだってさ。

バカヤロー、当たり前だよ。事故ったら誰だってそう言うよ。それに「死んじゃう」ってさ、まだあの世に行ってないじゃん。死んで霊になる前じゃねーか。その後その宗教に勧誘されたりはしなかったけど、あれは何だったんだろうな。

～犯罪とオンナ～

☆平成の阿部定事件（２０１５年）

義チンってあるのかな

ここ最近でオイラが一番怖かったのは、慶応大学院生の元ボクサーが弁護士の局部を枝切りバサミで切断した事件。女がやったら阿部定事件だけど、いまは男が男のを切っちゃうのか。あの気の毒な被害者は義足じゃなくて義チンでもつけるのかな。これは困ったね。

元ボクサーの女房と弁護士が不倫して、それを元ボクサーに問い詰められた女房が、ダンナを刺激するようなことを言ったら、こうなったらしいじゃん。男の立場から言うとね、付き合ってた女が違う男にとられたら、相手の男を怒んないで、女をやっちゃうね。オイラだったら、女が悪いと思う。「あの人に口説かれたから……」なんて言ったら、「ふざけんな！　断ればいいだろ」ってなるよ。だいたい男って、「この女には男がいるからやめよう」なんて思わないもんだし。女が嫌がらなければ、1回ぐらいいいだろうって思っちゃうもの。無理やり連れ去られて強姦されたってんなら話は違うけどさ。今回のは、どう考えても男のせいだけじゃないと思うよ。怒る対象が違うよ。

コンスタントに起こるチン切り

チン切り事件ってのは、まあまあよく起きるよな。2012年にもあった。東京都昭島市のアパートで、タクシー運転手が自宅で局部を切り取られて亡くなってた事件があった。タクシー運転手の遺体からは覚せい剤の陽性反応もあって、自殺の可能性が高いって警察が発表したんだった。ってことは、自分で切っちゃってことだったのか？　切ったモノはベッドの下にあったんだろ。どうやったんだろう。

そういや、オイラの友達が便所で自分のモノを見て、それを舐めようとして前転しちゃって、便器に頭をぶつけて気絶したことがあったな。酔ってションベンしてて、急に気が付いたんだって。「これ舐めたらどうなるのかな。気持ちいいのかな」って。そのまま前傾姿勢になって、転げた。大バカヤローだよ。

☆体型が同じ詐欺師、木嶋佳苗と上田美由紀（2012年）

木嶋佳苗ってうまいんだろうな

男性3人の不審死事件で木嶋佳苗被告の裁判をやってるけど、あの顔に騙されるってんだから、すごいよな。裁判でもすごいらしいねぇ。「わたしのアソコはすごい。みんな、まいる」とか言ってんだろ？　30人くらいと同時に付き合ってて「わたしはうまいんだ」とか。エロ映画みたいにスケベなことばかり言ってるから、傍聴希望者が増えてきたって。でも本当に、アレがうまいんだろうな。絶対、ソープ嬢みたいにうまいんだよ。

いつもテレビでトロフィー持ってる写真を出されてる被害者がいるだろ？　オイラが「あの人が一番かわいそう」「死んで、何もあんな写真を出さなくてもいいのにな」ってずっと言ってたら、最近はトロフィーにモザイクがかけられてんだよ。顔はそのまんまで。オイラがさんざん「ほかの写真ないのか？」って言ったからああなったんだけど、どう考えても逆だろ。顔を隠すならわかるけど、トロフィーにモザイクかけてどうすんだ（笑）。

あと80歳の被害者の写真が20代のときのものだった。いかに世間との付き合いがない人だったか、よくわかるよ。それでこの女に入れあげちゃったんだろうね。親族とか周りのヤツがちゃんと見といてあげたら、あんなことにはならなかっただろうね。

いくら枕上手ったって、この女に引っかかるか？　普通は見た瞬間に逃げるだろ。ネットとかで知り合って、待ち合わせして会うわけだろ？　遠くのほうで見てコイツだったら、普通逃げるって。わからないもんだよな〜。

こんなオンナに夢中になる理由

似た事件が鳥取でもあったよな。6人の男性が上田美由紀被告の周りで不審死。こっちの女はもっとすごいな。女子プロレスかなんかで、こんなキャラクターいるよ。いきなりリング上で練炭を燃やすとかさ（笑）。この間番組で、渡辺えりが「男をダマす女って、みんな同じような体をしてる」って言うから、オイラが小さい声で「おまえだって同じ体だ」って言ったんだ。それが本人に聞こえたみたいで、それで笑い出してずっと笑ってた。

木嶋にしろ、上田にしろ、年寄りで寂しい男は、こういう女でも一緒にいられるだけでいいんだろうね。男の友達よりはいいってことだよ。まあダッチワイフとでもやれるヤツはいるからね。それに比べりゃこっちは本物だから。ＡＶでオナニーできるんだから、想像力の問題で、顔さえ見なきゃやれるんじゃないの？

でも被害に遭ってる人に貧乏人はいない。カネあるなら風俗に行きゃいいと思うけど、やっぱり「遊びはイヤだ」とか言うのかな。「見た目じゃない。心が大事」とか言ってるのかもしれないけど、見た目以上に心がひどい女に引っかかってしまったってことか。

☆尼崎の〝サイコパス〟角田美代子（2012年）

昔のオイラんちみたいな世界

尼崎の連続死体遺棄事件はよくわかんないなー。角田美代子被告ってのが、ヤクザみたいな方法でいろんな家に入り込んで、洗脳しちゃうって。角田はサイコパスじゃないかっていわれてるけど、主義主張のない連合赤軍の永田洋子みたいなもんか。まだじゃんじゃん死体が出てくんだろうね。

人物相関図がごちゃごちゃしすぎて全然わかんない。ただ、すごい遠縁のとこまで入り込んじゃって、養子縁組したり、どんなに小さい縁でも利用してたんで「身内のけんかに警察は介入できない」って民事不介入だったんだってね。

子どもに親を殴らせてたっていうけど、洗脳しちゃったって、そんなことできるのかな。保険金目当てではあるんだろうけど。すごく閉鎖された狭い場所に、ごくごく身近なだけの人間関係で成り立ってるような、そんな世界だからこそ起こった犯罪なのかも。ひょっとしたら、西新井の昔のオイラんちみたいな世界なのかもね。戦後のバタバタのときに、いつの間にか死んだ人になりすまして、その家に住んでたことなんていっぱいあったらしいからね。

☆富岡八幡宮の女性宮司刺殺事件（２０１７年）

富岡八幡宮で「無病息災、家内安全」を願うヤツはマヌケ

富岡八幡宮の女性宮司が弟の元宮司に日本刀で殺害されたのには驚いたね。この神社、これからどうするんだろ？　いまさらここに〝家内安全〟って拝みに行くヤツがいるのかな（笑）。どう考えたって、ここに初詣に行って「無病息災、家内安全」って、さい銭払って拝むヤツはいないだろう。えっ、行くヤツはいまもいるって？　それはあんな事件が起きて、この神社が珍しいから行ってんだろ。

この事件を見ても、いかに神社仏閣ってのが役に立たないのかがよくわかる。成田山に行って、交通安全祈願のお守りを買ったのに、帰りに事故ったヤツなんていっぱいいるからな。スピード違反で捕まったりさ。

だいたい神社仏閣は、いまだに（宗教行為は）無税ってのがおかしいよ。オイラからは50％以上も税金とりやがって、その一方でバカな中学生ですら大学卒業まで学費を無料にするなんて話が進んでいるらしいじゃない。バカ育てるのに税金払った覚えはないよ。

富岡八幡宮はいっそのこと、ストリップ劇場にでもしたらどうだ？　神社なんて天の岩戸の前で女の神様が踊ったのが源みたいなもんだろ？　富岡八幡宮の〝幡〟を〝マン〟に変えりゃいい。8人のオンナが〝マン〟を出しゃいいんだ（笑）。

しかし、弟が姉を殺して〝骨肉の争い〟って言うけどさ、いかにカネ持ってて利権が絡んでるかってことだよね。要はカネが欲しいから、こんなことしただけで。こんな事件、貧乏神社だったら起きない。相当カネ持ってるんだろうな。

そういえばオイラの中学時代の友達に神社の息子がいて、一緒にさい銭箱からカネ取って、みんなでラーメン食いに行ったことあるよ。でも、これは悪いことじゃない。貧しい人へのお布施なんだ（笑）。

〜自ら命を絶つオンナ〜

☆上原美優の自殺から考えた（2011年）

年間3万人以上が自殺する日本

タレントの上原美優が自殺したってニュースは、結構考えさせられるよな。東日本大震災の死傷者と行方不明者が3万人を超えたっていうけど、いまの日本では自殺者が毎年3万人以上って話だからね（2012年以降は2万人台を推移）。変死者や遺族のために自殺じゃないことにしてるのがだいぶあるから実際は4万人以上はいるんだよ。

司法解剖の人に聞いたら、自殺を事故死にしてあげることもあるって言ってたよ。ほかにもパンパン買って腹上死したってのはカッコ悪いから、家族には「疲れてホテルで休息していたら、調子が悪くなって亡くなった」って過労死にしてあげることもあるんだって。

上原って子はバラエティー番組によく出てたけど、なんで売れてたのかな。悪いけどそんなにかわいいわけでもないし、なんでタレントになったんだろ。売りは貧乏自慢だもんな。お父さんがヘビ食ってたとかいう。それである程度番組を回ったら、もうやることないだろ。

貧乏自慢も、景気がよくて社会が明るいときにはいいけど、実際に不況のときに出てきても、大変だったんだろうと思うよ。

子どものころから教え込まなきゃいけないこと

だけど、こんなに自殺者が多いなんて、どっかおかしくないか？　国が自殺者の救済とかカウンセリングっていうけど、それ以前に、もうちょっと子どものころの教育で自殺はいけないって教え込まなきゃ。欧米だとカトリックみたいな宗教的バックボーンがあって、自殺はしちゃいけないって教えられるけど、日本の仏教って死んだらただ無に帰るだけって教えだからな。小学校低学年のときに、生きていくことってのはいかに重要かってのをどうやって教えていくかだね。

いじめで自殺する子どもだっている。いじめなんて傷害罪だよ。早く法の整備をして、

「いじめは犯罪だ」ってことを教えたほうがいい。クラスの中で起きたことでも犯罪なんだ、ってことをね。そうしないと加害者の親は責任を取らないし、被害者の親は悲しんでるだけ。教師は何もできないし、教育委員会なんて、なんでなれたんだかわかんないヤツらがやってる。日教組も怪しいだけ。アメリカみたいに学校に警察官を駐在させるようにしなきゃダメだね。

それか、作法や礼儀を必須科目にしろって。年上を敬うだの、正しい食べ方だの、上座下座だの、そういうことをしっかり学んだら、いじめも少なくならないかな。柔道とかダンスを必須科目にするくらいなら、こっちを必須にしろっての。

死に際まで見えちゃうネット検索

しかし、ネットとか見ちゃうと、生きていることの意味とカネと、いったい何のために人間は働いたりしているかってのがわかんなくなってくるのかもしれない。いまのネット社会って、ちょっと検索するといまの自分の位置から生涯賃金、もらえる年金の額とかが出てきて、人生が終わりまで見えちゃうから。

ネット社会ってすごいフリーで、みんなに自由を与えているように見えるけど、これほどがんじがらめにして、精神的に縛り付けるものはないいんだよね。

～バカと呼ばれるオンナ～

☆ここがおかしい、おバカタレントブーム（２００８年）

容姿がいいから売れただけってことに気付け

芸能界のおバカブームで木下優樹菜、里田まい、スザンヌのユニットなんかがもてはやされてるけど、バカを出しておけばいいっていうテレビ局の考えはなんとかならないかね。だって、アイツらが本当にバカだったら、ドキュメンタリー番組と変わんないよ。民放でやるからお笑い番組になるんであって、ＮＨＫでやれば文部科学省推薦のドキュメンタリーだぜ（笑）。

それにアイツらはバカだから売れたわけじゃない。昔、オイラは、ジャニーズ系がお笑いをやったら本業のお笑いがヤバいぞって言ったことがあるけど、バカブームも同じことだよ。いまのおバカタレントって、ブサイクなヤツじゃないじゃん。美形だから売れたんだよ。ブサイクなバカだったら売れてない。ブサイクのバカでいいなら、ジミー大西がもっと売れてなきゃおかしいだろ。ジミーは見た目があまりよくないバカだったからあまり売れなかったんだよなー（笑）。

バカなふりに騙されるほうがバカ

それに、そもそもコイツらは、バカなふりをしてるだけだからね。どうマヌケな答えを出すかを考えて、笑わせるような漢字の読み方をわざとするんだから。ヘタするとクイズ番組で一番点数取るヤツより頭いいかもわかんないよ。本当のバカなら、コイツらいままで生きてこられないし、そもそもテレビ局まで来られないって（笑）。全部、計算と見た目のおかげなんだ。そこに気付かないで喜んで見てる視聴者のほうがバカなのかもしれないな。

視聴者のほうにバカが増えたのは、ネットが普及したことも関係あると思う。ネットが頭を使わせない社会にしたんだ。わからない言葉があっても検索すればすぐに出てくるだろ。だけど、そんなの百科事典で調べたほうが勉強になったけどな。

あとネットがらみの妙な事件も増えてる。未成年の女の子が援助交際相手をネットで探したり、殺人を一緒にやってくれる人を闇サイトで募集したり、昔のサスペンスドラマやスパイ小説みたいだよ。そんなのダメだよ。もう少しネット離れしないと。

なんでも便利、便利が優先で、われわれに頭を使わせないようになってきてるんだよな。だから、オイラはネットが嫌いなんだけど、実は今度、ネットマガジンとかネット番組を始めたいんだ。『たけしの独演会』ってタイトルでさ。悪口ばっかり、バカにし放題、ウソばっかりの。

なぜかといえば、テレビでさんざんしゃべっても一回も放送されないネタが結構あるからだよ。こっちはいいネタだと思ってるのに、みんな切られちゃう。だったら、裏で「この番組では実はこういうこと、しゃべっていたんです」みたいなことをやろうと思って。スポンサーの規制のないところでやりたいんだ。

☆櫻井翔のにおいを実況するオンナ（2011年）

オイラも被害に遭った

ネットの一番の問題はバカがツイッターをやってることだよね。都内の高級ホテルのアルバイトが、Jリーガーとモデルのお忍びデートの様子をツイートしたり、なでしこジャパンのネーチャンの合コン風景を実況中継風に書き込みした飲み屋の店員がいたりしたんだろ。かわいそうなのは嵐の櫻井翔で、泊まったホテルの部屋の様子を暴露されてさ。櫻井なんて、使用済みタオルのにおいまで書かれたんだって？　なんでそんなもん書くんだろうな。プライベートのことだし、個人情報保護法とかでツイッターの規制はできないのかな。

オイラだって被害に遭ってるよ。「たけしが年取ったクラブのママを連れて飲んでる」ってネットに書かれたけど、それはうちのカミさんだって！　2人で銀座の寿司屋で食った後、オイラが急にクラブに行きたくなっちゃったんだ。それで、「ちょっと行くとこあるから」って別れようとしたら、「ちょっとどこ行くの！」ってカミさんに怒られて。

それが遠くから見たら、クラブのママを口説き損ねて、フラれたみたいに見えたのかな。「たけしが中年のクラブのママにフラれてた」とか書かれてたらしいよ。

ツイッターって自分がなにか書くと、それを見たヤツがなにか言ってくんの？ それのなにがおもしろいんだ？ それなら浅草の煮込み屋とか焼酎屋で、友達同士で言い合ってるほうが楽しいし、盛り上がる。飲み屋のバカ話にもならねー、「今日はカツ丼食っておなかいっぱい」とかの書き込みを誰が読みたいんだよ。

～タレントを追いかけるオンナ～

☆色恋感情で商売していた福山雅治（2015年）

結婚で株価が動くなんて

時代が変わっても、相変わらず芸能界ってのはファンの色恋の感情を商売にしてるんだな。福山雅治が吹石一恵と結婚して、福山の所属事務所の株価が下がった。これには笑ったね。株主は女のファンが福山のCDを買わなくなると思ったのかな。しかしオイラは、福山は全然女の噂が出ないから、男好きかと思ってたんだけどね。福山が●毛という噂があることは知ってたけど、織田裕二の仲間ではなかったんだなー。

昔、漫才ブームのときは、B&Bの島田洋七だって若い女の子がキャーキャー騒ぐアイドル的人気で、結婚してたのを隠して独身のふりをしてたもんね。洋七のマンションに記者が張ってて、ピンポン押したらカミさんが出たんだけど、洋七は慌てて「妹です」ってごまかしてた。後でカミさんから「いつからわたしがあんたの妹になったのよ」って大ゲンカになってさ。洋七は「結婚してることがバレたら若い女の子からの人気がなくなるんだ」って言ったんだって。

オイラも福山ぶったことがあった

オイラでさえ、そんなふうに考えてたとこがあってさ。とっくに結婚して円満だったたんだけど、「家に帰ってねー」「いつ捨てられるかわかんねー」て言ってたもんな。よく考えりゃ、お茶の間でウケてたんだから、アイドルみたいな人気は関係なかったんだけどな。でも当時は、漫才師は結婚して幸せな家庭を持ってるって感じは絶対に出さなかった。彼女もつくらないとか、アイドル並みにイメージに気を使ってたんだ。いまは関係なくなってるけどね。

アイドルでも誰と付き合ってるって平気で言うヤツもいるし。それだけ、世間の人にとって芸能の世界ってどうでもいい存在になってるってことなんだろうね。もう世間の人は、芸能人にそれほど熱狂しないっていうこと。時代が変わったね。

☆SMAP解散で考えたこと（2016年）

ジャニオタをつくる事務所の戦略

芸能人のプライベートの報道に興味を示す人は減ってるみたいだけど、ジャニーズなんかになると、やっぱりスキャンダルが出るとファンの若い女の子がギャーギャー言ってる。あれは、ファンが「彼女なんかいたらヤダ」とかって熱狂してくれる、昔の通りのファンなんだよ。

ジャニーズは、いい意味でも悪い意味でも相変わらずうまくやってるよ。ジャニーズとおむつメーカーは同じことをやってるんだよね。赤ん坊は必ずおむつ買うし、女の子はある程度の年齢になると必ず男のアイドルにハマる。猫の人形（キティちゃん）とかミッキーマウスもそうだけど、よくできてるよ。女の子が必ず通る道を、独占してるんだ。ほかの事務所の男のアイドルグループは潰していくんだから。

だから、ジャニーズ事務所を辞めたヤツにも厳しいよな。辞めた後にダメになっていくのを見ると、何とも言えない。いま、田原俊彦がオバサンを相手にやってるけど、あれがいいとこだよ。元光GENJIでジャニーズを飛び出したタレントにこの間会ったけど、「相変わらずジャニーズに干されてたまんないですよ」って言ってたもの。相当グチってた。

元SMAP、落ち目になるヤツも

解散を発表したSMAPも、解散した後は問題だよ。SMAPのことをよく「国民的アイドルグループ」って言うけど、オイラは国民的と思ったことはないけどな。もちろんファンは多いんだろうけど、オイラとかの世代のジジイでSMAPのファンなんてほとんど聞かない。もう少し下の世代だろう？　すべての世代に支持されてないなら、国民的とは言えないいんじゃないか。解散後に仕事がなくなったら、「おまえら、SMAPだったから仕事があっただけだよ」って言われちゃうから、そうならないようにしないと。

ホントのこと言うと、解散したら落ち目になるヤツも出てくると思うよ。草彅剛なんてSMAPじゃなかったらドラマの主演を張れんの？　って感じはある（笑）。木村拓哉は役者としてそれなりに形がついてるから大丈夫だけど。それと中居（正広）くんも司会者としてどうにかやっていけそうな気はするけど、後はちょっと厳しいかな。でも、いいように考えたら、ここからが実力の見せどころ。いままでSMAPの中では脇役だったけど、ここから中心にのし上がったらたいしたもんだよ。芸能界はそう甘くはないけどね。

だけどジャニーズ事務所って、なんでこんなに力を持ってんだろ？　おかしいよね。あんまり余計なこと言うとまた怒られるけど、独占禁止法とかに引っかからないのかな？

だって男だけのユニットって言うと、ジャニーズ以外だとEXILEとかその弟分ぐらいだろ？　一回、太田プロで若い男の子集めてグループつくったけど、一瞬で消えたからね。

ホントはジャニーズ以外からもいろんなのがジャンジャン出てくるようになれば、すごいグループが生まれるようになると思うけど。あまりにジャニーズが独占企業になると、男性アイドルは進化しなくなるかもね。

～ネットで暴走するオンナ～

☆松居一代のYouTube騒動（2017年）

芸人よりおもしろい！

松居一代のYouTube動画にはまいるよな。自分たちでつくった動画で、夫の船越英一郎を批判しまくってる。船越のことを「バイアグラ100㎖男」とか呼んだり、もうムチャクチャ。こんなおもしろいことされたら、お笑い界はたまったもんじゃない。だって松居の動画はタダだからなあ。芸人はやっぱりギャラもらってやらなきゃならないのに、これだけ次から次へとおもしろい動画をアップされたら、お笑いは商売上がったりだね。昔はストリッパーもそこそこ食えたのに、もっと手軽で刺激の強いアダルトビデオなんてものが出てきて、ストリッパーが終わってしまったのと一緒だよ。

松居は船越に浮気されたって騒いでて、渡辺謙とかとにかく明るい安村とか、浮気が発覚したヤツに文句も言ってるんだって？　でもオイラには言ってこないね。まあオイラの場合、「奥さんとは別居してますね」って聞かれたら「はい」って答えるし、「不倫は？」って聞かれたら「いっぱいやってます」だから（笑）。そもそもチンポが勃たないから、不倫になるのかどうかわからないし。

しかし、やっぱりカツラＫＧＢのオイラとしては、船越の頭が植毛かカツラか？　それが気になるところだよな（笑）。

政府をも動かす可能性

この騒動はどうなるんだ？（2017年12月に松井・船越夫婦の調停離婚成立）今度は船越が所属するホリプロが「法的措置の準備に入った」なんて言ってるけどね（2017年11月に名誉毀損で提訴）。でも国会議員、特に安倍晋三首相なんて「ここがチャンス」と見て、動画の規制とか始めるんじゃないの？政治家の悪口もYouTubeなんかでガンガンやられてるわけだし。

オイラが講談社に殴りこんだフライデー事件と一緒だよ。あのころ、国会議員のことをいろいろ叩く記事や写真を載せてる週刊誌もあってさ。その後、示談も成立したのに、当時官房長官だった後藤田正晴が「これは裁判だ」とか言いやがって訴訟になった。そしたら裁判ではオイラの暴力事件なんか関係なく、取材の仕方とかそんな話ばっかりだった。今回もいろいろ理由を付けて、YouTubeとか規制したいんじゃないの？

☆泰葉の止まらない迷走（2017年）

もう触れたくないヤバさ

松居一代のYouTube騒動と時期を同じくして、泰葉もブログで元夫の春風亭小朝のDVを暴露し出した。一時は提訴の意向も示してたけど、それは取りやめたのか。ほかにも芸能界引退を表明したり、イラン人との婚約を発表したり、都知事選に出ると言ってみたり。いや～、泰葉はなー……。ちょっと触りたくないな。

小朝なんて本当は「正蔵」「三平」の名跡が欲しくて泰葉とくっついただけじゃないの？小朝ってのは若いときから、成り上がるための作戦ばっかり考えてるから。でも正蔵は林家こぶ平に、三平もいっ平に取られちゃった。

小朝って若いときから女子大生をいっぱい集めてキャーキャー言わせて、「女子大生に人気の落語家」って、自分で人気をつくってたんだよね。宣伝術にたけてるんだ。泰葉の前は岸本加世子ちゃんと付き合ってて、結婚秒読みと言われてたのに別れた。加世子ちゃんは「あのバカ。汚いヤローだ」って怒ってたもんな。

第4章　オイラの女性（オンナ）観

◉女性（オンナ）観の原点はおふくろ

オイラの女性観の原点はおふくろだろうね。よくマザコンって言われるけれど、いわゆる一般的なマザコンとは違う。マザコンは理想の異性像が母親ってことだけど、オイラのはそんななんじゃない。付き合う女に〝母親〟は求めるけれど、それは、うちのおふくろのように、「オイラの世話をしろ」ってことなんだ（笑）。

オイラのおふくろはよく言えば世話好き。悪く言えばおせっかいで、その上、口うるさいのなんのって。フライデー事件のときなんか、「アイツはもう犯罪者なんでさっさと死刑にしてください」って言ってたもんな。「死刑はヒデェだろ」って文句言ったら「あでもいわないと世間様も納得しないだろ！」ってまた説教されてまいったよ。

おふくろの世話好きはオイラが子どものころからだった。なにしろ、小学校の遠足にまで付いてくるんだぜ。

近所の母親たちを2、3人誘って、一緒に遠足のバスに乗り込んできて、なにをするのかというとゲロの世話（笑）。小学生だからバスに乗れば必ず、何人か、ゲーゲーやっちゃう子が出て来るだろ。それを、おふくろたちが手分けしてゲロ袋を持たせたり、吐いたモノの掃除をしたりさ、全部やってくれるんだ。まあ、それはそれでありがたいんだけど、下町だから母親たちの勢いがすごくてさ、「そっちの子がそこで吐いたから、次は隣の子だよ！」だって（笑）。大変なのは隣の子で、「いつ吐くんだい」って顔でおふくろたちに睨まれてるから、吐きたくなくても、吐いちゃうぜ。

そういえば、オイラがナイフで手を切ったときもすごかったな。「こんなナイフを売りやがって」って金物屋に怒鳴り込んで行くんだもん。子どものかわいがり方が尋常じゃなかったんだよね。

◉子どものためなら若い先生の世話まで焼く

世話を焼いたのは子どもたちだけじゃない。昔は学校の先生の世話も母親たちが焼いたもんなんだ。オイラが小学5、6年のときに藤崎先生っていう短大を出たばかりの若い男の教師が赴任してきたことがあった。

おふくろは、さっそく下宿にいって洗濯してやったり、部屋の掃除なんかをしてやってたんだ。夕食も一人じゃロクなものを食べられないだろうってことで、近所の主婦たちと一緒になって持ち回りで用意してやっていた。いまだったら問題になるんだろうけど、当時の学校の先生はそれぐらい一目置かれる存在だったんだよ。もっとも先生も先生で、うちで夕飯を食ったあとは軽く酒まで飲んで居間の畳の上で寝ちゃってたんだからすごいね。

たまったもんじゃないのはオヤジだよな。家に帰ったら自分ちで若い男が酒飲んで寝てるんだから。「なんだ、コイツは！　おまえ、若いツバメを家に引っ張り込みやがって！」っておふくろを怒鳴ってた。「バカだね、そんなんじゃないよ！　たけしの担任だよ」っておふくろはあきれてたけど。

おふくろに下心がなかったわけじゃない。といっても、若い男をいただいちゃおうなんてみっともない話じゃなくて、「少しでもたけしの勉強をよく見てもらおう」って魂胆なんだ。それぐらい、おふくろは子どもたちの教育に必死だったんだよ。

◉貧乏から抜け出すには教育

オイラたちが住んでいた足立区の梅島ってところは、職人の町で「学歴なんて必要ない」っていうのが当たり前のところだった。

だけど、おふくろはそれが気に入らなかったんだよ。職人がみんな裕福な生活をしてたんなら文句もなかったんだろうけど、どれだけ働いても暮らしが楽にならない状況で「学校に行かなくていい」なんてバカ言うなって話でさ。

詳しいことはあとで書くけど、おふくろは当時としては珍しく師範学校も出てたし、男爵家の子どもの教育係もやっていたからなおさらだったんだろうな。「貧乏から抜け出すには教育しかない!」っていう信念のもとに子どもたちを育てていたんだ。だから、「遊んでるヒマがあったら勉強しろ」が口癖で、オイラが近所の友達と遊んでいるとうしろからほうきで叩くんだよ。それも柄のほうで後頭部をゴッンと突くんだぜ。

友達がうちに遊びに来ると「たけしと遊んだら悪くなるよ。アイツが付き合ってるのはみんな刑務所帰りばっかりなんだから、2度と来ちゃダメだよ」とか言っちゃうんだ。

「それはねーよ」って抗議すると「いいんだよ。あんなのと付き合ってると、バカがうつる」の一言で終わり。

日曜日だって「勉強しろ」の一点張りだからね。一回、「今日はたけしにいい物買ってあげるから出掛けよう」って言うんで喜んでついていったら本屋さんでがっかりしたことがある。「いいから好きな本を選べ」って言うんだけど、うちはマンガや小説は「読んだらアカになる！」っていうおふくろの方針があるからそもそも禁止。買っていいのは参考書だけ。だから、おふくろの「好きな本を選べ」っていうのは、お気に入りの『自由自在』って参考書のシリーズの中からって選べってことなんだよ。なにが自由自在だよ、このときほど自由って言葉が恨めしく感じたことはなかったよ。

◉やっぱりおふくろには勝てない

それでも、オイラが結構遊ぶことができたのは、変な話、貧乏のお陰だった。生活費や教育費を稼ぐため、おふくろはしょっちゅう家を空けて働きに出ていたんだ。昼間にヨイトマケの現場でドカチンをやって夜はブリキのオモチャの工場で働いたり、内職をしていた。そういう中でいいカネになったのが「着物の洗い張り」の仕事だった。これは着物を一回バラして洗って縫い直す、仕立て直しみたいなもので、給金がいい代わりに根を詰める大変な作業だった。こんな仕事をおふくろはいったいどこで覚えたのか、オイラはずっと不思議だったけど。ともかく、いつ寝てるんだって思うくらい働きづめだった。

いまなら感謝してもしたりないって思うところだけど、当時のオイラはおふくろが仕事に出ちゃうと「これ幸い」と公園で野球三昧だった。運動神経がよかったから野球はうまかったけど、いかんせん、道具がない。「グローブを買ってくれ」なんて言っても「そんなもの勉強の邪魔だ」って買ってもらえるわけがなかったから素手でやったり、友達に借りたりしていた。

それを見かねた近所の人がグローブを買ってくれたのはうれしかったけど、今度は隠し場所に困ってしまった。家の中じゃあ、すぐに見つかって取り上げられてしまうから置いてなんておけない。一計を案じたオイラは狭い庭のすみに生えていたイチョウの木の根元を掘って新聞紙に包んで埋めることにした。野球のときになると掘り出して使っていたんだ。

ところがある日、イチョウの根元を掘って新聞紙の包みを開けたら出てきたのは例の『自由自在』。「やられた！」と思ったね、やっぱり勝てないんだよ、おふくろには。

野球に関する思い出はほかにもある。当時、オイラは書道の塾にも行かせられてたんだけど、家から出たオイラが塾になんか行くわけがない。すぐに近くの公園に行っちゃあ、野球ばっかりやっていた。といっても、おふくろのことは常に頭のすみにあるから、野球の最中に習字をやっていたんだ。チームが攻撃のとき、自分の打順が来るまでの時間を使ってオイラはちゃんと半紙に文字を書いておいた。

家に帰るとおふくろが「行ってきたか？」って聞くから、さっそくベンチで書いた習字を見せてやった。すると、「なんだ、この下手くそな字は。これを先生に見せたのか？」ってすごい目でにらむんだよ。「み、見せたよ」と言ってはみたものの、「じゃあ、なんで朱い墨で直してないんだ！　行ってねえな、この野郎！」ってバレちゃう。しょーがねーから次のときは朱い墨も持っていって友達に直させたんだけど、「直した字のほうが下手だ！」ってまた怒鳴られた。

◉おふくろとの決別

そうやって勉強から逃げ回っていたオイラだけど、なんとか明治大学に滑り込むことができたのはやっぱりおふくろのお陰もあっただろう。

ところがオイラは、大学に入れたのは自分の力だと思っていたし、アルバイトも始めて自活できるようにもなっていたから、ムクムクと反抗心が湧き上がってきたんだ。いつまでもおふくろの言いなりになる必要はない。家を出よう、一人暮らしをしようと決意した。

とはいえ、正面切って言えば大騒ぎになるのはわかっていたから、おふくろがいないときを見計らってトラックを家に横付けにして荷物を運び出すことにした。ところが、そこにおふくろが帰ってきてしまった。「どこに行くんだ！」と怒鳴るおふくろに「一人暮らしをするんだよ」と言い返すオイラ。「なにぉ、この恩知らず！　おまえのような人間は一人で野垂れ死ね！」と言うおふくろを無視してオイラはトラックに飛び乗った。おふくろはカンカンに怒っていたけど、バックミラーをのぞくと、ずっと外で立って見てるんだ。その姿を見るのはやっぱりつらかったね。

そうやって始めた一人暮らしだったのに、すぐにオイラはアルバイトにも行かなくなって自堕落な生活を始めてしまった。家賃も半年ぐらい溜めてしまって、とうとう大家さんがやってきてしまった。

「大家さん、すいません」って先に謝ったオイラに「いや、それはいいけど、北野君はなんで家賃を半年も払っていないのに、ここに住めてると思うの？」って聞くんだ。「いや、大家さんがいい人だから」なんて適当な返事をしたら、「このバカ野郎！　あんたのお母さんが払ってたんだよ」ってえらい怒られた。

聞けば、オイラがアパートに住むようになって一週間ぐらいして、どうやって知ったのか、おふくろが大家を訪ねてきて「うちの息子はバカなんで、家賃を溜めるようなことがあったら、わたしが払いますから、こっちに請求してください」って言って帰っていったらしいんだ。「あんたね、ああいう母親はいないよ。もっとしっかりしなきゃダメだ」なんて言って大家は、帰っていったんだけど、オイラの心境は複雑だった。ありがたいって気持ちもないことはないけど、それよりも、「どうやったらおふくろから逃げられるんだ?」って暗澹とした気持ちになったことを覚えている。

それからしばらくして、オイラは大学を辞めたんだ。それは人生の中で一番勇気が要った瞬間だったと思う。なにしろ、おふくろがずっと期待していた学歴を勝手に捨てちゃったわけだからね。おふくろには悪いことをしたと心から思うよ。だけど、そうでもしないとおふくろの呪縛から逃れることなんてできなかったんだ。それほどオイラにとっておふくろの存在は強烈だった。

◉うちのおふくろは大ウソつきだった!?

そんなおふくろも1999年に他界してしまった。尋常じゃないエピソードの数々もいまではいい思い出だし、なによりいいネタにさせてもらった。オイラはどこかでおふくろを理解できたと思っていたんじゃないかな。

ところが、おふくろの本当のすごさを思い知ったのは一昨年（2016年）の末だった。NHKの『ファミリーヒストリー』って番組でおふくろとオヤジのルーツを調べてくれたんだけど、とんでもないことがわかったんだ。

以前からおふくろがどんな家で育ち、どんな人生を送ってきたのかは謎だった。前述したように、いつも言っていたのは「あたしは男爵家の女中頭で、子どもの教育係もしていたんだ」ってことで、当時の女性にしては珍しく師範学校も出ていた。だから、小学校もロクに出ていないオヤジのことを「あんなバカは見たことねえ」ってしょっちゅうこきおろしていた。

ところが、番組で調べてみると全然違っていたんだ。オヤジの名前は正瑞菊次郎っていうんだけど、そのルーツは勝瑞（しょうずい）っていう四国の戦国武将の末裔で長宗我部と争って負けて「勝」を「正」に直して「正瑞」と名乗るようになったらしい。要は武家の出だったんだよ。

一方、おふくろは、千葉で小作人をしていた家の娘で14歳のときに両親を亡くしていた。身寄りのなくなったおふくろは男爵家に住み込みの女中として働くことになったんだけど、親を早くに亡くしているからお裁縫を習うヒマがなかったんだ。裁縫もできない14歳の子どもにこなせる女中仕事なんて本来あまりないんだよ。だから、おふくろはずっと便所掃除をさせられていたんだ。

要は、女中頭なんて話も、子どもの教育係なんて話も全部大ウソで、よりによって便所掃除係だったなんて笑うに笑えないよ。それがよっぽど悔しかったんだろうな、おふくろは休憩時間にもらえるお菓子を女中頭に渡して、裁縫を教えてくれって頼み込んだんだそうだ。そうやって身につけたのが例の〝着物の洗い張り〟だったんだよ。オイラの教育費を捻出するときに最も割がよかった、あの仕事をおふくろはこうやって身につけていたんだ。まったく…死んだあとまで人を驚かせるんだから本当にまいるぜ。

◉オイラのオンナ付き合いはなんかダメだ

こんな強烈な母親に育てられたせいだろう。オイラのオンナ付き合いはなんかダメなんだ。学生のころに彼女ができてもすぐに「え？」って顔をされてしまう。朝起きたら

「靴下履かせてくれ」とか普通に言っちゃうし、食い物だって、小皿に取り分けてくれて、「さあどうぞ」っていうのが当たり前だと思ってたからね。

結局、彼女だろうと、いまのオネーチャンたちだろうと、オイラにとってはみんな母親と同じなんだ。世話を焼いてくれればそれでいい。テレビをポカンと見てるときにお茶を出してくれりゃいいし、「風呂に入ろうかな」って言ったら「すぐに沸かすから」って用意してくれる、そういう存在がなによりなんだ。自分の頭の中じゃあ、新しい若い母親みたいな感じがあるよね。

ただし、うちのおふくろにかなうオネーチャンはやっぱりいない。なにしろ、こっちがなにか言う前から「たけし、おなか減ってんだろ」って、食い物がもう目の前に出てるんだからね。お茶だって「お茶くれ」って言う前に、もう出てるぐらい筋金入りの世話焼きだったんだ。

そんな生活を子どものころから送っていたからだろうな。いまでは家にいてもなにもしないし、動かない。オネーチャンが「どこか行きたいな」なんて言ってきても「行ってくれれば」ってカネを渡すだけ。だから、オトコとしては本当にひどいヤツなんじゃないかな、オイラは。

◉記憶に残ったオンナたち

そんなオネーチャンたちとの付き合いだけど、変わった子も結構いたな。

一時期、松方（弘樹）さんと一緒に川崎のソープランドによく行ってたことがあったんだけど、それをどっかで知ったのか、ある女の子がオイラに会いたいってだけで川崎の高級店に入店しちゃったことがあったんだよ。

その話を聞いた松方さんがおもしろがっちゃって「その店に行こう」ってなったのはいいんだけど、オイラを見た瞬間、「待ってたの」ってわんわん泣き出しちゃってさ。

そんな相手とエッチもへったくれもないから、店を上がったあとに飲みに連れていって「ほかの商売やれよ」って話をしたんだよ。それでどこかのスナックに勤めるようになって「たまに会って」って言うんで会ってたけど自然消滅しちゃったな。あれはなんだったんだろう？

キオスクのオンナっていうのもいたな。キオスクで甘栗を買ったら、たくさんおまけしてくれたんで「いい子だな」と思って電話番号を聞いたら教えてくれたんだ。それで、その子のアパートに行ったら、汚ねえ下駄屋の2階みたいなところに住んでて、風呂も銭湯だっていうからさ、千駄ヶ谷の白いマンションを借りてやったんだ。

ところが、当時千駄ヶ谷のあたりに、白いマンションに住む一人暮らしの女ばかりを狙う強姦魔が出没してたんだよ。その強姦魔がたまたまキオスクの子の部屋に入っちゃったんだ。彼女は大声で助けを求めたんで事なきを得たんだけど、警察の現場検証でオイラの指紋がいっぱい出てきちゃったんだ。

これは面倒なことになるなって思ってたら、「ううん、大丈夫」ってキオスクの子が言うんだよ。なにかと思ったら、「警察に『ビートたけしさんを知ってますか?』って聞かれたけど『全然知りません』って答えておいたから大丈夫」、だって。ちょっと待てよ、それじゃあ、オイラが強姦魔になっちゃうじゃねーか。「付き合ってるって言えっていうのもあったなあ。

まあ、若いオネーチャンと遊んでるっていったって、そんな話ばっかりだよ。

◉だからといってカミさんにはおふくろは求めない

ともかく〝マザコン〟とよくいわれるオイラだけど、カミさんにだけは〝おふくろ〟は求めない。

まあ、付き合ってる当時はそんな気もあったのかもしれないけど、もともとカミさんは大阪のいいところの家のお嬢さんだから、世話を焼くなんてことはあまりできないんだよ。

それに妻という立場になるとやっぱり違うんだよね。身内だし、財産も半分の権利を持ってるわけだから、いろんな意味で気兼ねがなくなっちゃう。オイラがたまに自宅に戻って「なんか食うもんねえか？」なんて言ったら「そんなもん、適当に食っていきな。どうせ遊んでんだから！」なんて言葉が返ってくるだけ。「そんなこと言うんなら2度とこんな家に帰ってくるもんか！」ってついついオイラもなっちゃうよな。

そんなこんなで、オイラは自宅にあまり戻っていない。といっても、まったく帰っていないわけじゃない。40年間で10日か、20日ぐらいは帰ってる。

帰ったって別になにがあるわけじゃない。玄関の鍵を開けて自分の部屋に居るだけ。まあ、オイラんちはホテル方式だから暗証番号を入れて、入れる部屋しか開かないんだけどな（笑）。開けたら、その部屋に風呂や台所なんかが全部付いてるから、そこで過ごして勝手に出ていくんだ。だから、カミさんからは「昨日帰ってたの？」なんて聞かれることもあるぐらいで、オイラの帰宅は物理的に家に帰るだけで、家庭に帰ったって感覚じゃないんだ。

◉結婚は権力者の謀略

そもそも結婚ってなんだろうね？　正直に感想を言うと、結婚なんて制度は、権力者が庶民を縛るためにつくったもんじゃないのかなって思っている。だから、江戸時代、不倫は大罪だったんだろ。女は鼻をそがれるし、男は死刑だしね。

吉原では女を買って遊んでもいいけど、どこどこの娘とどこどこの庄屋の息子が裏で会ってたら処刑するぞって矛盾してるよ。心中の生き残りなんてなったら、市中引き回しの上、はりつけ獄門だ。それはもう完全に夫婦という対、ペアをつくることによって世の中を安定させるという、権力者の絶対的な作戦以外に考えられないよ。

結婚はお上が庶民をまとめるために絶対に必要なもので、一夫一婦制なんてどう考えても権力側に有利な制度だよな。

だからってわけでもないんだけど、オイラは結婚という形にあまりこだわってない生活を送ってきた。自宅に帰らないんじゃなくて、要は居心地のいいほうに帰っているんだ。それがたまたまオネーチャンの家ってだけでね。

その代わり、カミさんには全額渡すものを渡している。それでオイラはカミさんから小遣いをもらって、その中からやりくりするわけだけど、ほとんどはオネーチャンに渡している。それでいいんじゃねえかな。

そのお陰で、オネーチャンの家に戻ると、食事にも気を使ってくれるし、最近なんか、朝起きりゃ、寝たまんまパンツを履かせてくれて「はい、いってらっしゃい」なんて感じになるんだから。

居心地よくしてもらえるのは、普通以上のカネを払っているからなんだ。オイラにとっては少ない小遣いだけど、普通のサラリーマンよりは多いから、それを全部もらっていれば、それなり満足するからいいんだろうね。家っていうのはそういうもんだし、結婚にしても居心地がいいことが一番じゃないかな。

◉70歳の女性観

『オンナ論』なんてタイトルの本なんで、改めてオンナについて考えみると、70歳を超えて思うのが、「若いとき、なんであんなに女とやりたかったんだろう?」ってことだよ。漫才で売り出し中のころなんて、女のことばかり考えてた。もうかたき討ちのように女とやってたよ。

結局、売れてないときに女に冷たくされたことの恨みっていうのがあるんだろうね。だって、漫才に行って、「ツービート? 知らない。聞いたことな～い」って言ってた子が売れた途端に「うわ～、たけちゃん!」なんだぜ。「え? こんないい女がそんなことを言うの?」っていう時代が一瞬で来る。たった1カ月で世界がひっくり返るんだから舞い上がっちゃうよ。

だけど、あのときに女とディスコなんかに行かないで、ちゃんと芸のことを考えてりゃよかったんだ。それができていたら、オイラはもっといろんなことをやれたし、もっといい芸をしたと思う。

◉女は芸の肥やしはウソ

昔から「酒と女は芸の肥やし」なんて言うけど、あれは大ウソだよ。ずっと芸事をやっていればよかったよ。酒と女につぎ込んだ時間が一番悔いの残ることだよね。

芸の力っていうのはやっぱりすごいんだ。「遊びをするから、男女の心の機微や人情がわかるんだ」なんて言うヤツもいるかもしれないけど、そんなものよりも、しっかりした芸を持ってるヤツにはやっぱり勝てないんだよ。

遊んでた時代に、もっと楽器なんかをちゃんとやって、芸事の稽古を積んでいたら、いまごろ、お笑いからバンドから全部できるようになってたと思う。でも、結局中途半端に終わったのは、やっぱり売れた自分がうれしくて、目先の酒と女にカネを使って芸の大切さに気が付かなかったってことだろうな。

もっともオイラはまだ早く気が付いたほうだったっていうか、被害が少なかったほうだと思う。どっぷり遊びに漬かってダメになった芸人はいっぱいいるからね。

それに基本的にオイラは女と一緒にベッドに入ってても、枕元にはいつもノートを置いてあったんだ。エッチの真っ最中にいいネタを思い付いてノートに書いてて怒られたことなんか一度や二度じゃない。腰振ってる最中に「ちょっと待ってくれ」ってノートを開いてネタを書いて「あっはっは」と笑ってたら、「この人、大丈夫？」とか「気持ち悪い」って言われたからさ。

結局、いいネタっていうのは快感なんだよ。セックスの快感っていうのは射精したときの一瞬で終わるけど、「これはおもしれェ！」っていう芸事の快感は延々残るヒロポンみたいなもんなんだ。だから、一度病みつきになったらやめられないんだよ。

◉下がる女の有難味

ところで、最近つくづく思うんだけど、女の有難味っていま下がってるんじゃないのかな。だって、ここ数年で、女なしでも独身男が生活できるようなグッズやサービスが増えたんだろ?

アダルトビデオなんかも「こんな子が裸になるのかよ」ってかわいい子が本番までやっちゃうからすごい時代だよね。それにTENGA(男性専用のオナニーグッズ)っていうのがまたいい道具なんだって(笑)。水道橋博士とかに聞いたら本物の女よりも感触がいいらしい。それを使って、かわいい子の本番見ながら抜いちゃったら、本物の女とやるのなんか面倒臭くなっちゃうんじゃねえかな。いま風俗に勢いがないのも、グッズがすごいからかもしれないね。性風俗なんてオナニーよりもいいもんじゃなきゃ成り立たないのに代替品に負けてたら世話ないよ。

ヴァーチャルリアリティの世界もすごいらしいね、いま。CGでつくった女の子のクオリティが高くて、CGの子に恋までしちゃってラブレターまで書く男の子のも出てきてるんだって？　しかも、それが普通の学生だとか、サラリーマンだっていうんだから、びっくりするよ。ＣＧでつくった女の子に恋ができるようになったら、誰も、リアルだけど不細工な女にカネなんか出さなくなるよ。

◉高倉健さんも所ジョージも女に興味なし

リアルな女に興味がなくなったってことでいえば、オイラも一緒だよ。第2章でも少し触れてるけど、高倉健さんが「女に興味ねえよ」って言ってた意味が最近になってわかってきた。そりゃ、美人を見れば「キレイな女だな」ぐらいは思うよ。だけど、それだけでなにかしたいっていうのは全然ない。

同じことを所（ジョージ）も言ってたな。テレビの番組を持ってるとモデルみたいな子がいっぱい来て、確かにかわいいなとは思うけど、だからといって、向こうに言い寄られたって「絶対ない」って言うんだ。それはオイラも同じ。年を取ったからっていうのもあるんだろうけど、性欲なんかもうわかないよ。

「女優は別格だろ？　目の前に来たらやりたくなるだろ」みたいに思うかもしれないけど、余計に面倒臭い。映画監督が女優に手を出すなんていうのは、大島渚とか、篠田正浩を見ればわかるけど、オイラはそういうのも含めて、もう面倒なんだ。

ところが、映画監督であるがゆえに、いまだにハニートラップみたいなものがあるんだよなあ。手を出させるように仕向けておいて「映画に出せ」っていうのをプロダクションぐるみで仕掛けてくるからね。

去年『アナログ』（新潮社）っていう恋愛小説を書いたけど、主人公の女の役が欲しいんだろうなっていう電話がもうかかってきてるしね。だけど、原作がある場合、読者にも主人公のイメージってあるから「それは違うよ」っていう俳優は使えない。だから、『アナログ』はアニメかCGで撮ってみるのも本当にありかもしれないね（笑）。

それにしても、老いも若きも男がリアルな女に興味を持たなくなったらどうなるんだろう？

もはや、生殖のためにのみ、女は必要だってことになっちゃうかもしれないね。

ところが、最近は遺伝子操作で自分のクローンまでできるようになってる。人間のクローン技術は実はもう技術的には完成してて倫理的に禁止されてるだけだから、何かの拍子に倫理的にもOKってことになったら、生殖相手としても女は必要なくなっちゃうかもしれないよ。もっともそれは男も同様だけど。

いずれにせよ、女の有難味って年々薄くなってるんじゃないかな？

◉自立するオンナたちに一言

その一方で、安倍政権ではいま女の自立とか、女の社会参加をすごく後押ししてるよね。そのお陰もあって、昔と比べたら女が社会に出るチャンスは増えたというか、スタートラインにはつかせてくれるようになった。

だけど、相変わらず女にはハンデはあげてないね。「なんだ、せっかく男と同じレースに出られるようにしてやったのに走ったら遅いじゃん」って、それで終わりだよね。

やっぱり実力勝負のときにまだ女はダメだってことだよ。飛び抜けてないというか。

やっぱり男社会なんだろうね。

男女同権だ、機会均等だっていって女を勝負の世界に出すのはいいけど、まっとうな土俵で勝負するってなるとか、女はまだ難しいよ。結局、「なんだよ、上げないほうがよかったのか」みたいな話になっちゃうよね。だから、田嶋陽子センセーみたいなフェミニストなんかが「そこはハンデをくれなきゃ」って言うのかもしれないけど。

それにしても、田嶋センセーには笑ったよな。あれだけフェミニズムだ、『女はダメだ』と言う男がダメだ」とか言ってたけど、選挙のときには随分番組に迷惑を掛けたよね。『TVタックル』なんか、収録が終わった未放送分がいくつか残ってたのに、参議院選挙に出ちゃうからセンセーの画像を外すの、大変な作業だったんだ。

それで参議院議員になったら、「あまりにも自分の意見が通らない」ってことですぐに辞めちゃうし、辞めたら辞めたで、今度は厚化粧してドレスを着てシャンソン歌手みたいなことを始めただろ? いままでさんざん「女は口紅を塗るな。媚びを売るな」とか言ってたくせにやってることが全然違うじゃねえか。センセーにもいろいろ理由はあるんだろうけど、女を売り物にするような年じゃないんだけどなあ。まあ、田嶋センセーは「男と女の感性は違う」とも言ってたから、オイラにはわからないのかもしれないけど。

男と女の感性って本当のところどうなんだろうね。確かに男女の感性の違いはあるけど、女の感性が果たして商売になるかっていうと、ちょっといまの時代、わからないよね。いま「女が主体となって」とか、いろんなことを言って、みんな持ち上げてるけど、現実の世の中の動きを見たら、クリエイティブな仕事から何からとっくに男が押さえ切ってるっていう感じがあるからね。

だから「いまは男社会だ、不平等だ」って最初の話に戻るのかもしれないけど、オイラはちょっと違うと思う。

◉男女の違いはフェミニズムじゃ埋められない

そもそも、フェミニストの人たちに考えてほしいのは「なぜ男社会ができたのか」ってことだよ。それは男のほうが仕事をするのに向いていたからじゃないのかな。ダーウィンの適者生存の理論が正しいのであれば、例えば、コックは男のほうが向いてるのは間違いないんじゃない？

　こんなことを言うと、女性差別だとか、男尊女卑だとか言う人間もいるかもしれないけど、料理人になぜ女が向いていないかというと生理があるからだよ。生理で体調が変わると、味覚だって変わるだろ。家庭の主婦の料理はたまに味が変わったほうがダンナは喜ぶだろうけど、レストランで味が変わったら客はつかないぜ。だから、料理人は男のほうがいいっていう理屈なんだよ。

　いくら女が強くなったといっても無理なものってあると思う。子どもを産む身体と精子を渡すだけの身体っていうのは生物学的にも違うわけだし、それをフェミニズムみたいなものでひっくり返せるとは思えないけどな。男女の違いはフェミニズムじゃ埋められないんだよ。

◉オンナは自分で実力を証明する時代

　それでも、「女は優秀だ、男と変わらない」って言うんだったら、実際その証明をしなきゃダメだよね。口で言ってもダメだって。

でも、それを言うと「いま男社会だから女が不当に差別されて実力を証明できない」ってなっちゃうだろ？　だけど、それは話が逆だって。生物の歴史の結果として男社会ができてるんだから、不当でもなんでもない。それを不当っていうのはさっき言ったように「女は弱いんだからハンデをくれ」ってことになるぜ。「ハンデをよこせ」ってことは、女は弱いとか、頭が悪いとかを前提にしてる話だから、そこで「差別するな」って怒るのが本当だと思うんだけど。

もしかしたら、フェミニズムって、その部分をわかった上で「男社会は不平等」って言ってるのかもしれないね。だとしたら、フェミニズムこそ、一番の女性差別かもわかんないよ。本当は確信犯で「男は女に優しくしなさい」って言ってるんじゃないかな。

だから、人間が本当に進化した動物だったら、メスとしての能力を上げないとダメだろうなって思う。いまはまだ、メスの能力を上げるためにオスがハンデをやってる最中だからね。

それがイヤだったら、女たちはフェミニズムって言われて喜んでちゃいけないと思うよ。逆に「同情はよせ」って言わないといけない。「そんなにわたしたちに力がないと思ってるのか！」って言う女が出てこないとダメかもわからないね。

まあ、こんなことを言うとまた怒る人たちが出てくるんだろうけど、これはオイラのオンナ論であり、女たちへのエールなんだと思ってもらいたい。要は、女の応援を精一杯するってことだ。ただし、オイラの世話だって、精一杯みてもらわないと困るぜ。そこだけはこれからも頼むよ、オンナたち！

本書の第1章～第3章は、『東京スポーツ』（東京スポーツ新聞社）、『週刊実話』（日本ジャーナル出版）、『サイゾーpremium』（サイゾー）に掲載された記事をもとに加筆・修正してまとめたものです。第4章は語り下ろしです。

企画協力／オフィス北野
プロデュース／本多圭
デザイン／坂本龍司
写真／尾藤能暢
編集協力／中村カタブツ君
佐々木愛

ビートたけし

本名・北野武。お笑い芸人、俳優、映画監督、作家、画家などとして多才ぶりを発揮してきた「世界のキタノ」。1947年、東京都足立区生まれ。74年、ツービート結成。漫才ブームとともに絶大な人気を誇る。89年、『その男、凶暴につき』で映画監督デビュー。97年、『HANA-BI』でベネチア国際映画祭金獅子賞を獲得。2010年、フランスの芸術文化勲章「コマンドール」を授与される。近著に『アナログ』『バカ論』（ともに新潮社）などがある。

ビートたけしのオンナ論

二〇一八年三月二〇日　初版第一刷発行

著　　者　ビートたけし
発 行 者　揖斐　憲
発 行 所　株式会社サイゾー
　　　　　一五〇-〇〇四三　東京都渋谷区道玄坂
　　　　　一-十九-二 スプライン三階
　　　　　電話　〇三-五七八四-〇七九〇（代表）
印刷・製本　株式会社シナノパブリッシングプレス

ISBN 978-4-86625-099-1